O RISO DOS DIAS

Título original:
O Riso dos Dias.
O 25 de Abril, Angola 1974–1975
e Três Histórias de Amor

Revisão:
Ana Breda

Paginação:
João Jegundo

Capa:
Joana Carvalho

Imagem de capa:
© Arq. Centro de Documentação 25 de Abril da U. C.
Col. Fotografias do 25 de Abril de 1974
(Fotografia nº : 56 Registo nº : 1072 Ficheiro: opm1072.jpg)

Biblioteca Nacional de Portugal – Catalogação na Publicação

CARLOS, Américo Brás, 1952-

O Riso dos Dias : O 25 de Abril, Angola 1974-1975 e Três Histórias de Amor

ISBN 978-989-9124-42-4

CDU 821.134.3-31"19/20"

Depósito Legal n.º 507005/22

Impressão e acabamento:
Papelmunde

para
Minotauro
novembro de 2022

MINOTAURO, uma chancela de Edições Almedina, S.A.
Avenida Emídio Navarro, 81, 3D
3000-151 Coimbra
e-mail: editoras@grupoalmedina.net

SPAUTORES
SOCIEDADE PORTUGUESA DE AUTORES
EDIÇÃO APOIADA PELO FUNDO CULTURAL
DA SOCIEDADE PORTUGUESA DE AUTORES

AMÉRICO BRÁS CARLOS

O RISO DOS DIAS

O 25 de Abril, Angola 1974–1975
e Três Histórias de Amor

MINOTAURO

Aos que me ensinaram
o melhor que sabiam.

A.B.C.

«Por supuesto, nunca lo dije; la niñez es tímida. Desde entonces me has dado tantas cosas y son tantos los años e los recuerdos. Padre (...) tu prisión valerosa, cuando tantos hombres callábamos (...) Madre, vos misma.»

JORGE LUÍS BORGES

PRÓLOGO

Nada garante que este prólogo tenha sido uma boa ideia. Não obstante, admiti que sim e arrisquei: talvez, a abrir, tivesse algum mérito deixar ao respeitável leitor as primeiras linhas da geometria do romance que agora se dá à estampa.

Tratando-se de apresentar uma obra antes de entrar nas histórias que nela se contam — como é da natureza dos prólogos —, pode ser que alguns vejam utilidade neste vestibular abeiramento. Não é, contudo, impossível que o considerem desnecessário, ou que o olhem como a antecâmara dos pequenos ardis usados no decurso da narrativa para surpreender o leitor. Hipótese não totalmente descartável é, ainda, que pensem dele outra coisa qualquer, como considerá-lo um comentário com objetivos abonatórios em trabalho do próprio, o qual, por isso, deveria ter sido deixado a terceiros. Em qualquer caso, nada a fazer: já está feito, e é como segue!

A trama urde-se em volta dos membros de três gerações da família Simões — cronologicamente: Rui, Miguel e Alice — e das pessoas a quem respetivamente se unem — Maria da Graça, Miriam e Carlos. Além deles, só o alferes miliciano Silva no capítulo «25 de Abril de 1974» e dona Genciana em «Luanda, 1975» serão protagonistas de primeira grandeza.

Cada um dos dez capítulos do livro está centrado em pessoas, locais ou factos autonomizados, como evidenciam os seus títulos.

Mas sendo um romance e não um conjunto de contos, é natural que as personagens, com centralidades distintas, caminhem e se cruzem ao longo das diversas partes. O narrador, por seu lado, tem pretensões a misturar-se com elas e muda frequentemente de voz. Voz que vai do pícaro ao profundo sofrimento, passando pelo circunspecto.

Como pedra de toque, o escrito rejeita tratar de epopeias mais ou menos coletivas ou simplesmente de grupo. Não que as negue, apenas não as trata. E mesmo quando pareça evocar-se uma certa ressonância de heroísmo, não vai além da discreta coragem com que cada um enfrenta o que a vida laconicamente lhe coloca à frente. Coragem que, ainda assim, é muita. Lutar apesar de tudo — do «tudo» que convida a capitular — é uma arte ancestral, mas não é fácil. Tomo de empréstimo o verso de Ruy Belo: «As grandes insubmissões sempre foram para mim as pequenas»*.

Quererão alguns amigos saber se este romance é ou não autobiográfico, ou até que ponto o é — simples curiosidade! —, mas isso é o que menos importa. Daí não resulta maior ou menor merecimento do dito. Considerando, porém, que vivi, por dentro, as operações militares da madrugada e manhã do dia 25 de abril de 1974, bem como o período de descolonização de Angola (1974 e 1975), mentiria se negasse terem as partes mais gratas e as mais dolorosas dessas vivências sido trazidas para o livro: escreve-se em cima do que mais alegra e do que mais dói. A mesma adesão histórica aos factos encontra-se, aliás, aqui e ali, espalhada por outros episódios do livro. Livro que — concluo, pois — é parcialmente autobiográfico, e nada há de extraordinário nisso: qual é o que não é?

Já que a prosa entrou por este caminho, aduzirei, ainda, que o que não reproduz rigorosamente a verdade — ignorando agora o que seja «a verdade» aos diferentes olhos de quem a vê — reproduz a verosimilhança. No caminho dos acasos e no meio do seu

* Em *Homem de Palavra(s)*, Editorial Presença.

livre-arbítrio, muita coisa foi, e o que não foi podia muito bem ter sido. E nem se peça à literatura — valha o que valer — toda a verosimilhança que não se exige à realidade.

Porque a morte tem pouco respeito pela vida, confesso também, sem arrependimento, que lhe fiz o mesmo. Fui simpático com os vivos em homenagem à sua tenacidade e ao seu lado solar, mas não escarafunchei nos lutos quando partiram.

Finalmente, acreditei que este livro ainda não estava escrito. Por isso, pus-me a escrevê-lo.

Lisboa, abril de 2022

Américo Brás Carlos

I

MARIA DA GRAÇA E RUI SIMÕES

Depois de muito ponderar, esperou junto do pequeno portão da casa onde Maria da Graça vivia. Quando ela chegou, ajeitou novamente a gravata e, por atabalhoamento ou por estratégia, saltou os cumprimentos preambulares e disse:

— Menina Graça, gostava muito de falar consigo.

— Boa tarde, Dr. Atayde. Com toda a consideração que tenho por si, se for sobre o assunto da carta que me enviou, não vale a pena perder o seu tempo.

— Carta a que nem respondeu... — E era já um remoque de mau perder.

— Ia responder — desculpou-se ela. — Se ainda não o fiz, não foi por falta de respeito, mas por falta de oportunidade.

— Talvez não tenha reparado, mas sempre a admirei. E, como certamente saberá, estou em condições de lhe proporcionar...

Graça não esperou que terminasse.

— Não duvido, Dr. Atayde, mas a questão não é essa. Não entenda isto como algo contra a sua pessoa em particular. Nada tenho contra si, pelo contrário. Só que, neste momento, não estou interessada em ligar-me a qualquer homem.

Ele bem sabia que aquele «neste momento» já durava há demasiados meses.

Maria da Graça fascinava todos os homens. Flutuava nela uma filigrana invulgar.

Ela própria admitia isso. Não por via da habitual prosápia de quem se julga muito melhor do que é, mas porque lho comprovava a longa lista dos pretendentes já rejeitados: uns, bem-parecidos; outros, nem tanto, mas com posses; e ainda dois ou três com ambas as qualidades. A todos recambiou, negando o namoro ou qualquer arremedo de aproximação.

E, claro, com tal pelotão de rechaçados, era fatal que a má-língua, filha do ressabiamento, fizesse o seu habitual trabalho. Começou, então, a constar, embora sem muita convicção — como costumam constar coisas em que pouca gente verdadeiramente acredita —, que Graça era lésbica. Era «fufa», na linguagem despeitada e aleivosa dos descartados. Verá o leitor que não.

Graça tinha aspetos peculiares de comportamento — manias, inflexibilidades, radicalismos —, mas não só não tinha inclinação para o mesmo sexo, como, quanto ao sexo masculino, o que acontecera é que, objetivamente, não tinham aqueles pretendentes conseguido vencer a desconfiança sobre os homens em geral, que a vida colocara diante dessa tão cobiçada jovem senhora.

Ainda era bebé quando o pai decidiu, contra a vontade da esposa, fazer as malas e partir para o Brasil. Nunca mais souberam dele. Nunca houve uma notícia. Nem boa, nem má, por ele ou por terceiros. Na versão da mãe e da tia, tantas vezes por si ouvida na meninice e na juventude, aquele absoluto abandono tinha sido insidioso e propositadamente cruel. E isso deixou-lhe marcas profundas: Graça, que nem se recordava dele, odiou-o toda a vida. Nesse rancor teria germinado a sua forte desconfiança — caminho fácil para a repulsa — para com os homens.

Nunca se soube o que se passou com o pai de Graça. Naquela época e na imensidão do Brasil, se é que lá chegou, muito podia ter acontecido: viagens tão longas, num país daquele tamanho e de tão variada gente, em época de comunicações tão escassas e deficientes...

Pode até este tão desfavorável julgamento do progenitor ser injusto, mas com ou sem razão, seja: legitimem-se, por esta via, as propaladas dificuldades de relacionamento amoroso de Graça, nos termos excessivos que se verão. E a narrativa que, também em capítulo lá mais para a frente, voltará a chamar Maria da Graça à colação, que prossiga sem mais tergiversações. Mas que não era lésbica, não!

Que se soubesse, o perímetro da sua convivência mais consistente não ia além das três ou quatro famílias que a ajudaram na prolongada doença da sua querida tia. Fora esta quem a criara após a mencionada emigração sem retorno nem notícia do pai, e o falecimento da mãe pouco depois.

Além da ligação àquelas famílias, dividia-se entre o trabalho na estação dos correios da cidade e o exercício da sua devoção e prática religiosas. Deste último, faziam parte as aulas de catequese administradas com genuíno empenho e grande rigor aos jovens paroquianos — atividade religiosa que desenvolveria durante um longo período, a ponto de, em algumas famílias, ter sido catequista dos pais e dos seus filhos.

A cidade nunca lhe conhecera devaneio, transigência ou simples atitude, capazes de fazer perigar o juízo de conformidade da sua conduta com os ditames da religião católica, mesmo se considerados na sua versão mais exigente. De resto, em matéria de bisbilhotice, defendia-se bem. Aos abelhudos, homens ou mulheres, que, com desigual habilidade, intentavam espiolhar por detrás de tanto resguardo, Graça respondia com silêncios ou curtos ditongos que, urbanamente, os mandava meterem-se nas suas vidas.

Já estava perto das quarenta primaveras, mas o seu corpo alto mantinha-se esguio, sem ser excessivamente magro, e movimentava-se com grácil leveza. As marcas do tempo a passar vinham sendo benevolentes para com ela. A voz era segura e agradável, disso resultando um certo véu de sensualidade; e desenhado num rosto de olhar expressivo e feições delicadas, aparecia, de vez em quando, um contido sorriso que tinha tanto de raro como de impressivo. Não fossem as invejas que alguém tão prendado e tão altivo sempre atrai, e seria unânime o veredicto de ser ela a senhora mais bela de todo o burgo.

Nos correios, não era a chefe da estação, nem sequer a mais antiga das restantes funcionárias. Mas porque, conforme as circunstâncias, também estas hierarquias podem ceder perante outros valores, foi ela a escolhida para ler o discurso de boas-vindas às autoridades oficiais na inauguração do novo edifício e da nova tecnologia de comunicação telefónica e telegráfica. E a escolha não sofrera contestação que se visse, de tão óbvia que era.

O engenheiro Rui Simões integrava a larga comitiva oficial na qualidade de responsável técnico pela instalação e manutenção dos novos equipamentos naquela região do país. Deve o narrador esclarecer que os vulgarmente chamados «Correios» incluíam, fora de Lisboa e Porto, também os serviços de telecomunicações. Daí a sigla oficial CTT, correspondente a Correios, Telégrafos e Telefones.

Na hora do discurso, como se esperava, Graça impressionou os presentes. A voz e o hábito de falar em público revelaram-se importantes: a leitura foi clara e agradável. O resto foi obra daquele porte magnífico.

Também Rui ficou fascinado. Esperou pelo beberete que se seguiu ao descerramento da placa comemorativa da inauguração e aproximou-se para a felicitar pessoalmente. Felicitações daquele senhor calvo, de mediana estatura e, certamente, perto das seis décadas de idade, que ela recebeu educadamente, mas não mais do que isso.

Graça nunca prestara vassalagem a títulos ou estatutos. A reserva respeitosa que punha na sua conduta diária era a mesma que usava para quem lhe era apresentado, por mais referenciado que viesse.

Sempre vivera naquela pacata cidade de província, mas nunca tivera qualquer espécie de deslumbramento pela atenção — quase sempre interesseira — que doutores e engenheiros, por ali passantes vindos da sede, sempre lhe prestavam.

Era assim por feitio, mas também por necessidade. Vira-lhes as manobras pedantes, em regra filhas de um estúpido preconceito de superioridade, próprio de habitante de cidade grande, com que a tinham tentado impressionar. Quando lhe cheirou que a tentavam levar à certa, não hesitou e cortara cerce os avanços amorosos. E teria acontecido o mesmo a Rui Simões não fosse a admiração que, inesperadamente, ela viria a creditar-lhe naquele mesmo dia.

De facto, o acaso, no seu insondável capricho, deu ao experiente engenheiro a possibilidade de marcar o primeiro ponto na admiração de Graça. Esta recordaria, para sempre, aliás, o modo como o viu resolver em pleno repasto, com um controlo e uma determinação invulgares, a melindrosa situação de vida ou de morte que seguidamente se descreverá. Durante o incidente ficara a vê-lo, francamente impressionada.

Uma senhora — volumosa esposa de um vereador camarário — engasgou-se. Algo lhe bloqueara a goela. Já ela se agarrava à garganta, com a cara num vermelhão intenso, e se debatia sem conseguir articular palavra, quando o marido, apercebendo-se da gravidade da situação, gritou tão alto quanto pôde:

— Acudam, acudam! Não consegue respirar!

— E o Dr. Belchior já não está! — Alguém, aflito, informava que o médico tinha saído para uma urgência.

Vinda do meio da confusão instalada, estoirou uma opinião suplicante:

— Água, dêem-lhe água!

E logo uns tantos se engalfinharam na busca do citado líquido, que o marido, puxando a cabeça da esposa para trás, lhe tentou enfiar pelo tubo digestivo abaixo. Sem sucesso, porém. A água não passava, e a senhora, cada vez mais aflita e com a cara já a arroxear, abria desmesuradamente a cavidade bocal e agitava as mãos em descoordenados movimentos. Golfadas de um irregular refluxo de baba, água mineral e batom cor de ginja escorriam assustadoramente pelo queixo.

É nesse momento que Rui Simões se dirige decididamente ao marido:

— Dá-me licença?

E, sem esperar pela resposta do atarantado edil, atracou-se à senhora pelas costas, cingiu-a metendo-lhe as mãos na já mal definida cintura, e inspirou fundo. Depois, suspendeu a respiração e ficou imóvel como fica o mágico antes do gesto final. Cada um dos presentes ouviu o rufar dos tambores, e caiu na sala um silêncio a condizer. Repentinamente, no que pareceu um rápido acesso colérico, Rui apertou a madame contra si em três apertões enérgicos de baixo para cima, ao ponto de ela, não obstante os seus mais de oitenta quilos, por três vezes ter levantado os pés a meio metro do chão. Continuou como que possuído, e ao sexto arranque a senhora emitiu um ruído próximo de um gargarejo, cuspiu o que parecia ser um croquete meio desfeito e sorveu amplas golfadas de ar. Os circunstantes explodiram então num genuíno coro de aplausos.

Quando Rui se foi despedir de Maria da Graça já a encontrou sorridente.

— O senhor engenheiro evitou uma tragédia.

— Resolveu-se.

— Já tinha feito aquilo?

— Nunca. Tinha apenas a teoria.

E ele acrescentou:

— É a famosa manobra de Heimlich.

— O senhor teve muita coragem. Podia ter corrido mal.

— O mal seria dela.

— Mas foi uma grande responsabilidade.

— Pior não ficava. Quando muito, ia desta para melhor com uma ou duas costelas partidas — continuou, brincando. — Mas a senhora tinha umas boas proteções.

Riram com gosto.

Quando, em seguida, ele viu que a comitiva oficial estava de saída, despediu-se com visível pena, mas com um revelador:

— Até breve!

A propósito deste episódio, diga-se que Graça não era dada a exercícios de comicidade. Nunca lhe tinham ouvido uma anedota e não participava nos comentários aos boatos burlescos que corriam na comunidade local. Mas, mesmo ela, recordava, rindo entre as colegas, a descrita «cena do croquete». Episódio que, graças ao seu desenlace afortunado, entrou no cardápio dos eventos cómicos da cidade e aí estabilizou, sendo amplamente glosado e aditado com pormenores fantasiosos, que o narrador garante nunca terem ocorrido.

Ao invés, o que se passou entre Rui Simões e Maria da Graça após o dia do beberete foi tangível — e nunca a cidade o soube.

A cidade — todos, no fundo, o sabemos — está longe de ser infalível na sua eficácia coscuvilheira. Perde-se no meio da impostura que as grandes aparências lhe trazem e corre atrás do que lhe querem mostrar. No final, é vítima da sua sede de notícias, das quais necessita no afã de manter preenchido todo o infinito imaginário da *vox populi*. E engana-se, naturalmente emaranhada em boatos disparatados, em difamações maldosamente plantadas e em notícias de façanhas e sucessos de veracidade duvidosa, geralmente semeadas ao vento pelos próprios.

Falta à urbe a paciência e o método para registar os pequenos sinais que tudo dizem, como a felicidade evidenciada num inabitual sorriso ou num cumprimento efusivo de um cidadão reconhecidamente sorumbático; ou o êxtase distraído e perigoso — mormente quando se tem de atravessar ruas com trânsito — de um enamoramento cuja reciprocidade acabou de ser conhecida; ou o passo significativamente agitado a caminho de um encontro adúltero; ou ainda, em momentos deveras aflitivos, o olhar inseguro de quem teme um escolho que se perfila na vida.

Nestas circunstâncias, e para que conste, averbe-se, pois, a nota de que, entre Rui e Graça, não ficou tudo pela conversa encetada no referenciado repasto posterior à inauguração.

De facto, o engenheiro ficou refém do encanto de Graça logo na leitura do discurso de boas-vindas; e a dependência agravou-se sobremaneira depois da excelente impressão recolhida durante a breve conversa daquele dia. Por sorte, sendo ele o responsável pela introdução da tão novel e prometedora tecnologia de comunicação, ninguém poderia considerar excessivo o número de visitas por si efetuadas àquela estação ao longo dos meses seguintes.

Numa urgência modelada pela precaução, começou a mostrar ao que vinha logo na primeira visita: proporcionou à magnífica senhora a informação relativa à sua situação pessoal. A pretexto de levantar dinheiro para pagar a estadia nas diferentes localidades onde pernoitaria durante aquele périplo profissional, solicitou-lhe o levantamento de uma certa quantia da sua conta da Caixa Económica Postal. Para o efeito, entregou à jovem a respetiva caderneta e o bilhete de identidade. Neste, podia ler-se, designadamente, «Estado Civil: Divorciado».

Como podia prever quem a conhecesse, a resistente fortaleza de Graça não cedeu às primeiras investidas de Rui. Ele, porém, não era de desistir e conhecia muito da natureza humana. Toda a vida gerira pessoas e dele podia dizer-se que percorrera grande parte do leque social. Filho de trabalhadores rurais da lezíria ribatejana, começara a trabalhar logo que terminou o curso de eletricista da escola industrial, e foi trabalhando e estudando à noite que se licenciou. Seguidamente, exercera com êxito funções em várias empresas e organizações internacionais.

Cedo percebeu que, ao invés do que aconteceria com outras jovens, Graça não só não estava interessada em beneficiar do relacionamento que ele lhe oferecia, como rejeitava liminarmente qualquer exposição pública do mesmo. Rui via nessas rejeições também bastante da ingénua pretensão de, aos olhos de toda a gente, nunca ver beliscada a sua exemplar imagem de discrição e virtude. Para ele, ela ainda não sabia que, faça-se o que se fizer, unanimidades dessas não são deste mundo, nem duram para sempre. Mas Graça era assim, e ele começava a resignar-se. De resto, era ele quem estava apaixonado e, não podendo ser de outra maneira, seria como ela quisesse.

Na segunda visita, a jovem rejeitou o convite para almoçar com ele. Rui não desistiu e estendeu a simpatia a todas as colegas, tendo ficado tudo com a conveniente aparência de uma generalizada cortesia institucional.

Só na visita seguinte, feito o pedido de autorização para lhe telefonar para casa — «podia até ser necessário por razões técnicas desencadeadas fora do horário normal» —, ela anuiu, apesar de não ignorar o alcance da petição, e deu-lhe o primeiro sinal animador.

A partir desse dia, Rui telefonou todas as noites. Telefonava e rejuvenescia perante as conversas simples, mas para si esperançosas, que iam mantendo. Acreditava que o monólogo iria terminar.

Ao fim de uma semana, com a maior das naturalidades, pediu-lhe que casasse com ele. Graça foi apanhada de surpresa. Não esperava uma proposta assim, sem adornos nem rodeios, ao fim de tão pouco tempo, e ficou muda. Quando voltou a falar foi para responder que não.

Não lho disse, mas, sem grande surpresa, assustava-a uma tão grande diferença de idades. Conhecia bem as misérias da doença e da velhice, que não tardariam a cercá-lo. Recordava-se da tia, já muito débil, avisando:

— Olha que, no final, tudo são borras.

Mas acresciam para ela outros entraves e, de entre todos, não era evidente qual pesava mais na negativa. Podia ser que nem ela conseguisse hierarquizá-los. Talvez à cabeça estivesse a vergonha de se saber que casara com um homem que era mais velho do que seria o seu pai, ou lhe apontassem intuitos próximos do «golpe do baú». Maria da Graça nunca verbalizara tais razões. Ele, todavia, já as tinha intuído.

Aproximava-se o verão, e Rui testou as que acreditava serem as raízes das suas relutâncias. Convidou-a para passarem umas semanas de férias no estrangeiro, onde ninguém a conheceria. Graça concedeu pensar. No dia seguinte comunicou que aceitava, na condição de regressar ao fim de uma semana.

Embora justificasse a necessidade de antecipar o regresso com as indelegáveis obrigações paroquiais, Rui não duvidou de que aquele encurtamento era, novamente, a expressão do medo de, por força da notada ausência, colocar em perigo a sua tão estimada imagem de rigor e reserva. No final, escolhendo entre várias opções, foram de férias para a Côte d'Azur.

Na primeira noite, a matriz cautelar de Graça determinou que dormissem em camas separadas. Na segunda, juntaram-nas e não se deram mal. Na terceira, ajustaram-se perfeitamente. No final da semana, Rui, com indisfarçável vaidade, verificava que, também para ela, o relacionamento na cama era fonte de harmonia e de prazer. Era assim, aliás, em toda a intimidade, e ela não o negava.

Fora dos momentos a sós, todavia, era muitas vezes instável: a diferença etária voltava a mexer com ela e, num instante, passava da genuína satisfação ao ostensivo arrependimento. Em ambos os casos, a sinceridade era a mesma. Em nenhum deles fingia.

Rui via, cada vez mais claramente, que o maior estorvo entre eles estava no que ela imaginava ver no olhar dos outros. À parte os largos minutos que, por preferência dela, passavam na varanda do quarto com vista sobre as ruelas de Antibes e o Mediterrâneo, frequentavam bons restaurantes e passeavam pelos locais em redor, mas ressuscitava nela um desconforto visível sempre que lhe parecia — e parecia-lhe demasiadas vezes — que alguém se demorava a olhá-los. E esse desconforto repercutia-se fatalmente nas atitudes para com ele: ficava distante e irritadiça. Sempre o medo do que os outros pudessem pensar...

No avião de regresso, após várias tentativas falhadas para marcar viagens nos meses mais próximos, ele tentou convencê-la a passarem o Natal juntos.

— Não tens com quem passar o Natal? — retorquiu ela.

— Tenho, se quiser. Os meus filhos passam a consoada com a mãe, mas vão a minha casa no dia de Natal. — E continuou: — Mas já não seria a primeira vez que iria para fora do país nessa altura.

Graça acabou rejeitando o convite, escudando-se nas obrigações de apoio às celebrações próprias das festividades religiosas da época.

— Desfruta do tempo que passa, porque não volta — disse-lhe ele, sem evitar um certo tom de desagrado.

Ela fitou-o de sobrolho asperamente franzido.

— Achas que não sou feliz com a vida que tenho? — ripostou agreste.

— Não foi isso que quis dizer.

Rui percebeu que a melindrara excessivamente e não continuou.

Ela, porém, não se conteve e retomou de imediato.

— Não preciso de mais dinheiro nem de notoriedade para ter o que quero.

— E o que queres?

— Paz e liberdade.

— Escolhas sábias — disse ele, apaziguando. — Mas não te ofendas por falar da necessidade de se gozar a vida enquanto se pode.

— Eu sei que tudo passa.

— Sabes certamente. Mas ainda não o começaste a sentir.

Por razões idênticas às avançadas para a quadra natalícia, ela viria a rejeitar, igualmente, a possibilidade de viajarem na Semana Santa. Não obstante, as férias de verão ficaram acertadas. Também no estrangeiro, também onde fosse improvável encontrar quem a conhecesse.

Para sua felicidade, a resistência de Graça ia, «a duras penas», cedendo aos poucos. As férias em conjunto passaram a ser de quinze dias e encontravam-se em casa dele sempre que, por razões profissionais, religiosas ou outras, ela precisava de ir a Lisboa. Tempos depois, abriu mão de várias responsabilidades nas atividades da paróquia, e os fins de semana em casa dele tornaram-se mais frequentes.

Rui não deixou de valorizar, cada vez mais, o seu desprendimento relativamente às vantagens que uma ligação consigo, publicamente assumida e até oficial, lhe poderia trazer no presente e para lá do seu falecimento. A vida fizera-a esquiva, mas não interesseira.

Nunca a vira mentir e passara também a apreciar o seu modo de falar: direto e expurgado de todas as inutilidades. Via agora virtude onde antes vira secura e austeridade. As razões dos medos dela também há muito tinham deixado de ser um segredo para ele. Ia-lhe descobrindo novos encantos e a sua companhia continuava a enchê-lo de uma alegria e energia juvenis. E, como é próprio da natureza humana, a insuflar-lhe o ego, claro.

Ela, por seu lado, deixara de duvidar que aquela intensa paixão de adolescente que Rui exteriorizava também se alicerçava na verdadeira admiração que ele lhe votava. E que mais resistente alicerce poderia haver? Apesar desta certeza, continuou, até ao fim, sem aceitar casar. Já só por graça, ele perguntava:

— Porque não casamos?

Ao que ela respondia, rindo:

— Porque não vale a pena. Iríamos estragar tudo.

E foi neste compaginar dos ideais amorosos de cada um que viveram até ao fim — durante cerca de duas décadas —, sem publicitar a sua paixão.

II

MIGUEL, FILHO DE RUI

Rui Simões morrera e os filhos retiravam o recheio da casa onde vivera, antes de devolverem a chave ao senhorio. O filho Miguel encontrara na gaveta da mesa de cabeceira um pequeno molho de cartas metido numa capa de plástico. Pareciam todas da mesma pessoa, e todas tinham no envelope a mesma letra elegante. Reparou que no remetente existia apenas a morada. Não podia saber, mas era mais um reflexo dos obsessivos cuidados de Graça. Ele não podia imaginar como aquela cidadã era, a este ponto, tão ciosa da sua intimidade.

— O que estás a fazer? — perguntou-lhe uma das irmãs ao entrar no quarto.

— Leio — respondeu Miguel.

— Miguel, não acredito! — gritou irritada. — Temos o recheio de uma casa inteira para tratar e tu pões-te a ler!

Contrastando com a irritação dela, ele manteve-se calmamente sentado. Dez segundos depois, estendeu-lhe uma carta.

— Toma, lê.

Ela pegou e leu.

Rui,

Espero que esta carta te encontre de saúde. Eu estou bem, graças a Deus.

Hoje é segunda-feira e é a esta hora que costumas telefonar. Como não nos falaremos ao longo da semana, decidi escrever-te.

Estou, como sabes, num retiro espiritual e não vi qualquer telefone. E, ainda que exista, será para usar apenas em caso de urgência. Se for verdade o que dizem os que falam do amor, sentirei a tua falta e falar-te-ei com mais calor no domingo à tarde, quando regressar a casa.

Sobre as nossas férias, não precisas de reservar um quarto com vista para o lago. São mais caros e desfrutaremos dele durante todo o dia. Talvez até a partir da sala do pequeno-almoço ou do salão comum do hotel.

Desejo que fiques bem. Cuida-te, por favor.

Um beijo,

Maria da Graça

Lida a carta, a irmã comentou:

— Ele nunca nos falou dela. Parece uma mulher fria.

Miguel, que tinha lido e relido a curta missiva, abanou ligeiramente a cabeça.

— Talvez, ou talvez não. A mim parece-me ser apenas uma carta de alguém contido, que diz somente o que tem para dizer.

— Há mais? — perguntou a irmã.

— Não muitas. Umas dez.

— Enfim...

— Olha, se o fez feliz, ainda bem — concluiu Miguel.

A outra irmã, que, entretanto, chegara e se pusera ao corrente, brincou:

— Uma caixinha de surpresas, este nosso pai. Com aquelas viagens, ainda pensei vir a ter uma madrasta francesa ou americana, e afinal seria uma senhora da Beira. Que nunca conhecemos. Como ele se reservava tão bem...

Não conheciam Graça, nem quiseram conhecer, mas se tivessem tentado, veriam que seria ela a resistir dar-se ao conhecimento. E se além do conteúdo das cartas tivessem sabido mais, saberiam o que já sabemos: que fora ela quem recusara tal casamento. Só a sua vontade, fruto de absurdos receios há muito enraizados e da extrema dependência do julgamento social, impedira que o pai casasse com aquela senhora — senhora que, em matéria de relacionamentos afetivos, tinha muito por hábito esconder-se, incluindo o seu nome nos remetentes.

Como também em capítulo próprio adiante se confirmará, o narrador pode assegurar que na vida de Maria da Graça ninguém mais preencheu o espaço deixado por Rui Simões. Não que estivesse totalmente desprovida dos seus encantos e não tivesse ainda um ou outro pretendente do mesmo escalão etário. Como antes, ela voltava a declinar.

Pensará o leitor que, em virtude do feitio de Graça, por alguns apressadamente rotulado de «seco como as palhas», não terão sido grandes nem duradouros a dor e o vazio trazidos pelo decesso do engenheiro. Desengane-se, porém, e deixe de julgar com base nas aparências. Cada um é que sabe o que sofre.

E não é certo que os que não publicitam as suas dores sofram menos do que os outros. Até, quem sabe, se encontrado um judicioso meio de medição da dor — um *dorómetro*, assim se poderia chamar — não se iria revelar precisamente o oposto. Nem é necessária uma sageza por aí além para admitir essa possibilidade. É que há gente — cada vez menos, mas há — que, simplesmente, não quer ver a sua vida estendida ao sol. Pessoas que preferem recolher-se a mostrar-se, e ainda mais quando seja para que tenham pena delas.

III
25 DE ABRIL DE 1974

Última quinta-feira daquele mês de abril. Cinco horas da mais auspiciosa madrugada.

Miguel Simões acordou, sacudido por uma voz aos berros:

— Levantar! Toca a levantar!

Era o oficial de dia.

— Todos para a parada do primeiro esquadrão!

Ferido nos olhos pela luz branca, excessivamente brilhante, que inundou o pequeno dormitório, Miguel viu, ainda entontecido pelo abrupto despertar, formar-se à sua frente uma azáfama desordenada de homens arrancados ao sono, atarantados, titubeantes, tropeçando entre si como bêbados, na pressa de tirarem fardas e botas de dentro dos armários para se vestirem e calçarem.

Ainda abotoava alguns botões quando passou pela invulgar parada do Regimento de Cavalaria 7 — uma rua a subir — e, após galgar umas escadas com canteirinhos de flores ao lado, chegou ao empedrado da parada do primeiro esquadrão.

Junto da espécie de vivenda que servia de secretaria, movimentava-se a fila para levantar o armamento. Os hangares estavam abertos e deles saiam as AML* *Panhard* e as *Chaimites* do esquadrão. No meio de roncares de motores e do cheiro a combustível queimado, alinhavam-se, apontando ao portão de saída para a estreita rua que, novamente à direita, permitia descer a Calçada da Ajuda.

Na ainda mal iluminada parada, Miguel viu o coronel, comandante do regimento, esbracejando como um doido e empurrando a duas mãos os homens para dentro dos veículos. Ouviu-o gritar para o Silva, enquanto o empurrava para a primeira viatura.

— Vão para a Praça do Comércio e parem os gajos de Santarém! Rápido, rápido!

Até há pouco tempo, o Silva era apenas aspirante a oficial. O dourado do galão estreito de alferes ainda brilhava de tão novo que era.

Miguel olhou novamente em volta e confirmou a ausência do tenente que comandava o esquadrão. Ausente por pertencer ao reviralho? Porque o comandante do regimento, com parentes no governo, não confiava nele e não o chamou?

Uma coisa era já certa: o braço armado do regime entregava a trouxe-mouxe a um miliciano com a patente mais baixa da hierarquia dos oficiais do exército o comando da primeira das suas poucas — veio a saber-se — forças defensivas. A quem acabava de ordenar, como se fosse uma coisa vulgar e sem consequências, nada mais nada menos, que impedisse a progressão da coluna de carros blindados da Escola Prática de Cavalaria que, vinda de Santarém, se aproximava da capital.

Com o poder de fogo e o potencial de destruição de ambos os lados, não era difícil antever a grande probabilidade de um tal confronto vir a resultar na perda de muitas vidas. Não obstante, como tantas vezes acontece em situações similares, ficou longe quem assim decidira tão arriscada ação!

Mas, feita a referência, continuemos.

---

* Autometralhadora ligeira.

O Silva era, pois, um alferes miliciano, que, por razões que se tornarão evidentes, não pode deixar de ser fisicamente caracterizado. O jovem oficial usava um bigode cuidadosamente aparado, era baixo e magro, e, sempre, um modelo de aprumo. O seu traço mais distintivo residia, porém, no uso permanente das botas altas de montar a cavalo. Era muito novo — como todos nós, os milicianos — e era assim que entendia melhor dar fé da cagança que tinha na, também nossa, valorosa arma da Cavalaria. Nada contra! Ao contrário de outros oficiais, que apenas as usavam em algumas ocasiões, ou simplesmente não as usavam, o nosso alferes nunca prescindia das suas cintilantes botas altas elevando-se até ao joelho. Além disso, usava também o blusão de cabedal preto, e quase nada sobrava daquele corpo franzino. Mas tinha o garbo de um verdadeiro herdeiro de Mouzinho de Albuquerque.

Tratava respeitosamente os subordinados, mas — ninguém está livre disso — alguma má-língua, espoletada pelo desagrado perante hipotética ordem de antipático ou trabalhoso cumprimento, ou simplesmente por maldizer ou inveja, colara ao cordial Silva, com mediana criatividade, o rótulo de *pipi*. Pronto, o Silva era um *pipi*.

E aquele epíteto, tributário da sua impecável elegância, fazia com que, quando o via, chegasse a Miguel o antigo e saudoso eco das conversas entre o pai e os amigos a propósito do futebol e, particularmente, dos grandes goleadores de antanho. As maravilhas que a memória e a saudade fazem!

Naquelas cavaqueiras, a que Miguel assistia encantado, cabia invariavelmente o Rogério *Pipi*, avançado do Benfica, também ele sempre elegante, dentro e fora do campo. Miguel nunca tinha visto o futebolista — nem viria a ver —, mas percebera muito cedo que um *pipi* era um janota, um *dandy*, um tipo muito bem vestido. Entretanto, deixou de ouvir aquele qualificativo e o mesmo retrocedera para zonas recônditas das suas recordações, ficando a marinar num prolongado esquecimento, de onde saiu quando Miguel se apresentou no Regimento de Cavalaria 7 e conheceu o Silva. Conhecimento que recorda com agrado.

Politicamente, tanto quanto a Miguel lhe parecia, nada aparentava que o novel alferes fosse dado a veleidades insurgentes. E a sua incumbência por parte do comandante para chefiar a coluna que se iria opor aos revoltosos até poderia confirmá-lo num primeiro momento. Contudo, Miguel viria a concluir que a mesma se devera mais a um ocasional desenrascanço, isto é, a um aproveitar de quem estava mais à mão. Também neste caso os factos iriam rir-se das aparências, e, com o devido respeito, podia aqui aplicar-se o adágio popular «De uma má moita pode sair um bom coelho».

Viu-se naquela madrugada: é que o Silva não era só botas.

Miguel ia a meio da coluna e surpreendeu-se com o que viu. Próximo do Cais do Sodré e já com a Ribeira das Naus à vista, o Silva saiu da sua viatura e falou com os responsáveis das que vinham atrás. Rapidamente ficou determinado o que havia a fazer quando chegassem à Praça do Comércio. Retomou a cabeça da coluna e, ali chegado, ignorou as ordens que verbal e atabalhoadamente lhe tinham sido dadas pelo comandante do regimento. No final de algumas breves palavras — dispensaram-se os introitos! — trocadas entre ele e Salgueiro Maia, mandou colocar as viaturas do primeiro esquadrão de Cavalaria 7 entre as da Escola Prática de Cavalaria.

Então foi bonito ver militares saindo das viaturas de cada uma das unidades para abraçar amigos que já não viam há muito. É que alguns soldados e todos os graduados desta arma passavam, obrigatoriamente, pela Escola Prática — a proclamada «casa da Cavalaria» — e, entre todos, muitos tinham por lá cimentado boa camaradagem.

Entretanto, cada vez em maior número, iam passando debaixo das abóbadas em volta da Praça as pessoas que atravessavam o rio nos cacilheiros e entravam às golfadas por aquela porta da cidade.

Muitas abrandavam ou paravam a ver o aparato militar, outras não. A única preocupação destas últimas era apanhar o transporte seguinte que as levaria ao local de trabalho, a horas de «picar o ponto» dentro do horário estipulado.

De entre os transeuntes que paravam, um homem de meia-idade afoitou-se, chegou ao pé de um aspirante e perguntou:

— Vocês estão a proteger o Governo ou estão pelo Spínola?

O jovem sorriu.

— Não, não estamos a proteger o Governo.

De seguida, animada pelo exemplo, uma senhora saiu do passeio junto à porta do Ministério das Finanças e avançou devagarinho até ficar em frente da estreita janela de uma AML *Panhard* — não mais do que um postigo —, por onde aflorava a cabeça do condutor.

— Desculpe, eu tenho um filho que também está na tropa e mais outro que vai agora às sortes. Vão acabar com a Guerra do Ultramar?

E o cabo condutor, que estava à bica para ser mobilizado para Angola, Moçambique ou Guiné, e tinha a mesma preocupação, respondeu decididamente:

— Vamos acabar com a guerra, claro!

Porque o tempo não espera, nesse ínterim o sol nascera e já subia rápido. A manhã começava limpa e agradável.

Às tantas, Miguel viu o Silva ser também designado para aceitar a rendição do tenente-coronel, segundo-comandante de Cavalaria 7. Até àquela madrugada, tudo isto estaria bem longe das cogitações do nosso alferes. Viu-o passar ao lado da sua *Chaimite*, escoltando o detido até às escadas de acesso a uma retrete pública subterrânea que existia na Praça.

Não pretende o narrador amesquinhar a dignidade intrínseca daquele oficial superior, mas pareceu-lhe um prenúncio condizente com o estertor final de uma ditadura à beira de completar meio século de existência. E, além do mais, nem tal amesquinhar se compreenderia. Miguel passou a creditar-lhe o mérito de, tendo de escolher entre mandar disparar os blindados do segundo esquadrão do regimento, que na ocasião chefiava — com as desgraçadas consequências que se anteviam —, ou render-se, ter, sem ridículas ambiguidades, optado pela rendição. Só fez uma exigência: ser detido por um oficial do seu regimento. E lá fora o aprumado alferes dar ordem de prisão ao seu segundo-comandante!

E, como se não bastasse, o Silva esteve ainda à conversa via rádio entre as forças comandadas por Salgueiro Maia e os quatro carros de combate M47 provenientes do Regimento de Santa Margarida, entretanto estacionados em Cavalaria 7 desde o fracassado «Golpe das Caldas». A meio da manhã, sob as ordens do comandante de Cavalaria 7 e do brigadeiro segundo-comandante da Região Militar de Lisboa, foram estes blindados colocar-se na Rua do Arsenal e na Rua da Ribeira das Naus com as bocas de fogo apontadas à Praça do Comércio. Tinham grande poder destrutivo e eram autênticas bisarmas sobre lagartas, deixando profundos golpes no asfalto das ruas por onde passavam, como profundos pretendiam ser os golpes desferidos no desígnio libertador daquela manhã. Na cabeça dos mencionados comandantes, a derradeira tábua de salvação do regime estava naqueles carros de combate. Engano: o regime já não tinha salvação.

Foi o Silva quem pelo rádio informou o alferes miliciano diretamente responsável pelos M47 de que os restantes carros do Regimento de Cavalaria 7 se tinham juntado aos que vinham de Santarém. Eram amigos, e o Silva avisou:

— É pá, tem cuidado com isso que para aí trazes. Olha que eu estou aqui.

— Fica tranquilo — respondeu o outro.

E ele ficou. Quer dizer, ficou tão tranquilo quanto possível, dadas as circunstâncias.

Quanto ao que se passou a seguir, a viatura de Miguel estacionara na parte central da Praça, fora da linha de fogo dos M47. Miguel não viu, mas percebeu os sinais. Leu nos gestos nervosos, nos semblantes e nas pequenas corridas dentro do perímetro do quadrilátero, o reflexo das movimentações e das tentativas para evitar o confronto que a chegada daquelas massas brutas de ferro e morte anunciavam. Pela primeira vez, Miguel vê cenhos enrugados e sente passar pela praça um vento frio, carregado de uma tensa preocupação — que apenas desaparece como um sol que rompe o nevoeiro, quando, sob uma admirável sinfonia de palmas dos populares, os blindados do regime que estrebuchava dão meia volta e retiram para o anonimato de onde tinham saído.

Só mais tarde conheceu os pormenores do que se passara com o alferes dos M47 e o cabo de um destes blindados. Contaram-lhe que, perante sucessivas ameaças, e com a pistola do referido brigadeiro apontada à cabeça, mandaram à fava o desvairado: o primeiro saiu do blindado para não ter de disparar contra as tropas estacionadas na Praça; o cabo fechou-se por dentro para que a personagem não se chegasse ao pé.

Tinham evitado que as insanas ordens de um tresloucado vitimassem militares e civis. Aqui, é melhor dar outra voz ao narrador e, aproximando-o do historiador, repetir: ordens escusadas, aliás, porque já tinha rebentado o dique que aprisionava a liberdade.

Resolvida a situação na Praça do Comércio — novamente tão central na história portuguesa —, o dispositivo militar dividiu-se em duas colunas: uma dirigida ao quartel-general da GNR, no Largo do Carmo, comandada por Salgueiro Maia; outra ao quartel-general da Legião Portuguesa, na Penha de França, comandada por Jaime Neves. Miguel integrou esta última.

Subiram pelas íngremes ruas que levavam ao Largo da Penha de França, as quais, de tão estreitas e com automóveis de um lado e de outro, obrigaram, mais de uma vez, os condutores das *Chaimites* a manobras complicadas para prosseguir. Nos passeios, viu surpresa no rosto das pessoas, mas eram já mais os que celebravam com palmas e vivas. Miguel não duvidou: estava a liberdade a começar e o povo a ser feliz.

Ainda nem todas as viaturas tinham chegado ao Largo quando um chefe legionário à civil espreitou a uma das janelas. Tinha uma pistola na mão, mas recolheu-se quando constatou a dimensão da força que se alinhava com as costas para a igreja de Nossa Senhora da Penha de França e as bocas de fogo voltadas para o quartel. Quando reapareceu, já não estava armado.

Quem apareceu à janela do edifício recebeu a injunção de que o major Jaime Neves iria entrar para receber a rendição e de que seria tudo arrasado se não voltasse dentro de dez minutos. Entretanto, alguém veio informar Miguel de que a primeira viatura da coluna não teria força para rebentar o portão, caso fosse necessário. Duvidou da premissa, mas lá passou a sua *Chaimite* para a frente.

Pareceram longuíssimos os curtos minutos que esteve em frente do portão. Percorreu mentalmente os diferentes cenários que imaginou poderem esperá-lo do lado de lá, e foi com alívio que viu o portão abrir-se e o major fazer sinal para entrarem.

Detidos os responsáveis e ocupadas as instalações da Legião, Miguel ficou por lá durante dois dias. Só voltou a Cavalaria 7 para mudar os pertences para a Academia Militar, onde se instalara o Pelotão Operacional da Junta de Salvação Nacional, de que passou a fazer parte.

Em finais de maio chegou, porém, inesperada, a sua ordem de mobilização para Angola, e em junho embarcou. Contudo, essa parte é prelúdio e pertença de outros capítulos. A seu tempo, trataremos dela.

Por agora, só uma confidência: Miguel nunca mais viu o Silva das botas altas, mas gostaria. E que estivesse de boa saúde.

IV
UMA CARTA PARA ELVIRA

Quando na tarde desse dia Miguel concluiu que desta vez era certo — a ditadura caíra, e caíra redondamente —, anteviu a alegria esfuziante do pai e do seu irmão mais velho, o tio Luís Simões, comemorando o facto. Veio a saber que não se enganara: no dia seguinte, findo o trabalho, o pai metera-se a caminho e foi ter com o irmão. Abraçaram-se, riram e, como dois adolescentes, festejaram desmedidamente. Imaginou-os naquela habitual conversa de frases curtas, subentendidos e meias palavras a que o outro dava troco muito antes de terminadas. Como um dialeto que só eles entendiam. Davam-se bem. Mais: eram «unha com carne».

Trinta anos antes, o tio Luís estivera preso, durante muitos meses, na prisão política de Caxias. Detido e torturado como suposto instigador de uma greve de trabalhadores agrícolas em Azambuja, ficara a um passo de ser enviado para o campo de concentração do Tarrafal. Salvara-o, bem como aos outros camponeses presos, o facto de Salazar ter sido obrigado a moderar o regime na sequência da derrota de Hitler. Era exclusivamente aos americanos e aos britânicos a quem agora passara a querer agradar.

Miguel ouvira-o dizer que o ditador era um manhoso sem outra ideologia que não fosse manter as pessoas na ignorância e percorrer toda a escala do medo — atemorizar, prender, torturar, e matar se necessário — para conservar o seu poder absoluto: um cínico. O tio tinha-lhe um ódio visceral. Ficava virado do avesso se o assunto era o Salazar. E nunca lhe pronunciava o nome; era «o Botas», «o Sal e o azar», ou, simplesmente, «o Sacana».

Apesar de muito novo, Miguel nunca esqueceu a reação do tio num almoço que juntara as duas famílias. Um dos filhos — o primo Joaquim, que já andava na quarta classe —, imaginando pelo tom sussurrado da conversa entre os dois irmãos e pelo conteúdo codificado da mesma que falavam de Salazar, decidiu intervir. Acertou no tema, mas antes não o tivesse feito.

— Pai, a professora disse que temos três pais: o pai que nos alimenta e veste, o pai do céu, e o Dr. Salazar, que é o pai da nação.

O tio Luís explodiu furioso:

— Esse *filho da mãe* não é pai de ninguém!

E apontou um dedo ameaçador ao filho, que, surpreendido pelo vernáculo implícito e por aquela nunca vista agressividade, mirrou-se e foi escorregando na cadeira até quase desaparecer por baixo do tampo da mesa. Ficou tudo pasmado a olhar para o tio, menos Joaquim, que manteve o queixo junto ao peito. Fez-se um silêncio de chumbo.

— Então, Luís... — murmurou Rui Simões ao irmão.

Este caiu em si, e foi já pesaroso que se dirigiu ao filho Joaquim.

— Não é nada contigo, filho. Tu não tens culpa.

E acrescentou para todos:

— Desculpem, esse assunto ainda me revolta todo.

Miguel era muito jovem, mas viu, pela primeira vez, até que ponto é possível odiar alguém que não se conhece pessoalmente.

A prisão do tio estava longe de ser um assunto novo lá em casa. Há muito que da curiosidade de Miguel choviam perguntas, particularmente em certas noites mágicas de conversas alumiadas a candeeiro a petróleo.

Em casa, faltava a luz elétrica de vez em quando. Sobremaneira no inverno. Umas vezes pelo rebentamento dos fusíveis do prédio — na versão da Companhia de Gás e Eletricidade quando os vinha repor, provocado pelo excessivo número de aquecedores ligados —; outras vezes, por força das trovoadas e das intempéries que derrubavam postes e danificavam equipamentos.

Naquelas noites sem televisão acendiam-se os candeeiros e a sala mergulhava numa dúbia luz de sonho que convidava o pai e a mãe à lembrança e ao relato dos seus tempos de juventude. Miguel e as irmãs ouviam sem pestanejar. Pelo meio, o jovem fazia perguntas sobre os factos que tinham levado à prisão política do tio, e sobre o que se seguira à libertação. Neste ponto, Rui Simões baixava significativamente a voz — «As paredes têm ouvidos», no caso, os ouvidos da PIDE — e respondia ao filho na sua voz pausada.

Alimentado por tal cadinho de revelações e ambientes, foi-se impondo na vontade de Miguel o imperativo de passar a escrito o que assim desaguava no seu imaginário. E, com ousado desembaraço — e, naquela tenra idade, com bastante menos sentido crítico —, passou ao papel um texto em prosa. Centrou-o na figura da avó paterna, a propósito da prisão política do filho Luís, e deu-lhe o título «Uma carta para Elvira».

Texto que Miguel entregou ao pai, e que este leu em silêncio, após voltear as folhas uma a uma, surpreendido.

UMA CARTA PARA ELVIRA

Corre, Elvira, corre! Bate com força a tua passada miudinha nas pedras do largo da igreja. Os sapatos novos que compraste para ir a Lisboa magoam-te os pés, mas o relógio da torre sineira bateu já as seis horas e o comboio não há de tardar.

Passas por camponeses jornaleiros que, de enxada ao ombro, se preparam para ir ao encontro do trabalho e da jorna que ontem aceitaram. Falta uma hora para nascer o sol, e quando isso acontecer já têm de estar em cima do trabalho. São apenas vultos adivinhados na equívoca luz que vem de dentro de uma taberna madrugadoramente aberta para aproveitar o mata-bicho dos homens, mas reconhece-los a todos. Dás-lhes os bons-dias sem abrandar o passo a caminho da estação. Respondem, mas um deles avança respeitosamente e tu interrompes a passada.

— Como está o Luís, tia Elvira?

— Como é que há de estar, Manuel...? — respondeste devolvendo a pergunta e levantando devagar o rosto. — Da última vez que o vi tinha sido torturado, e hoje até tremo só de pensar como o irei encontrar. Dizem que vão mandar alguns para o Tarrafal.

— Dê-lhe um abraço meu, se faz favor — disse o camponês, enquanto, sem alarde, tirava um maço de tabaco do bolso e punha no cabaz de Elvira.

— Serão ambos entregues — respondeste.

E lá continuaste, até à estação, com aquela cesta de palha, nova, de cores ainda garridas, que arrumaste antes de te deitares.

— Um bilhete para Santa Apolónia — pediste.

— O comboio traz uma hora de atraso — avisou uma voz que vinha da silhueta sentada ao fundo da bilheteira.

Aguardas, sentada, a chegada do comboio. Entre espera e viagem, não faltam oportunidades para relembrar o que, a propósito da prisão do teu filho e dos outros camponeses detidos, vens ouvindo nas mercearias, no mercado e nas filas para o pão; ou vais adivinhando no murmurar dos rostos e dos gestos que vês pelas ruas da vila. A que somas o que te chega trazido à porta por terceiros.

Na tua idade, sabes muito bem que a máquina da má-língua não necessita de grandes empurrões para trabalhar, mas um estímulo dado pela criatura certa põe-na afinada a despejar má fama em cima de quem interessa denegrir, e, se necessário, arrastar na lama. Viste como correu lesta a maledicência ostensiva de alguns e a dissimulada de mais ainda. E fazem-no, porque são mesmo assim, mas também pelo mando e para agrado dos poderosos.

Dizem:

«Não querem trabalhar, são uns moinantes e armam estas desordens, estas vergonhas.»

«Falam mal do Salazar. O que é que eles sabem de governar o país? Eles, que não conhecem uma letra do tamanho de um comboio.»

«Isto é uma terra de gente de trabalho, não de grevistas.»

Podes pensar que é gente a quem a vida não lhes permitiu mais. Também eles são vítimas da miséria que é este viver de fome e de ignorância que para aqui vai. Mas, apesar de gostarem de puxar ao fino, não penses que é muito diferente o vocabulário dos ideólogos locais do salazarismo, gente com outras posses e conhecimentos, mas admiradores embevecidos de Hitler.

Estão possessos perante tamanha insubordinação em tão pacata terra de latifúndio. Se já se viu: uma greve, na lezíria até agora tão obediente e sensível às conveniências dos terratenentes e dos grémios? Devias ouvi-los nos seus encontros de prosélitos e apaniguados. Não é diferente.

«É varrer essa gentalha que só sabe criticar o Professor Salazar.»

«Não fosse o Senhor Presidente do Conselho, e morriam à fome!»

E cacofónicos:

«Abaixo o bota-abaixismo!»

Não percebem nada. O que força a greve é a fome, é a chispa indestrutível da dignidade, é o ancestral destino humano de empurrar a porta que enclausura a liberdade. Não entendem que há uma raça de gente que não aguenta ver-se humilhada. É da sua natureza. Está-lhes no sangue e tanto dá serem analfabetos ou não.

Falam muito, e falam por falar. Nunca lhes dirás como sangra o coração de quem vê um filho preso sem sequer saber até quando, porque não aceitou em maio — mês de fartura e de muito trabalho — trabalhar mais horas por menos salário.

Também não saberão — porque nunca contarás a ninguém — os maus presságios que te sufocavam quando aos conselhos de resguardo e de prudência do pai, Luís opunha um mar de revolta contra a redução das jornas decidida pelo governo, a escravidão e a miséria. Da discussão em surdina cresciam até à exaltação. E tu, num molho de sentimentos, com o medo e a impotência entre eles: «Meu Deus, calem-se! Uma desgraça se vos ouvem!» não tomavas partido entre filho e marido, apenas rogavas baixinho para que parassem a discussão.

Chegaste à prisão. Estranhaste não ver ninguém à porta. Chegaram mais duas mulheres, e a seguir mais outra com uma menina pela mão. Olharam-se, cumprimentaram-se brevemente e ficaram em silêncio. Alguém que vos visse estranharia tão grande contenção. Admirar-se-iam que não tivessem nada mais a dizer umas às outras. Ou talvez não estranhassem. Talvez imaginassem que aquelas vidas de medos e desconfianças não tinham mesmo nada que quisessem partilhar. Ou, tendo, falasse mais alto o receio ou um certo pudor de desnudar a estigmatizada vida de provações. Ou ambos — receio e pudor — juntos.

Passaram alguns minutos, até que um guarda veio dizer-vos que as visitas tinham sido canceladas.

— Portaram-se mal, quiseram fazer um levantamento de rancho. E por uns, pagam os outros... — disse ele, em resposta aos olhares tímidos que perguntavam.

Não desististe.

— Mas não posso vê-lo, senhor guarda? Apenas vê-lo, ainda que por um instante? A uma janela, talvez? É que venho de tão longe...

— Não mando nada, não depende de mim. Só cumpro ordens e as ordens são de que não há visitas. Convença-o é a não se meter em trapalhadas.

Voltaste a pedir.

— E pode dizer-lhe que estive cá? Pelo menos, isso, por favor.

O guarda já voltava as costas quando se repetiu:

— Não prometo nada. Já lhe disse, não depende de mim.

E fechou a porta.

Entretanto, tinham chegado dois carros. Nunca soubeste se eram também familiares de presos ou não. Ouviram a conversa, deram meia-volta e partiram.

Regressas sem saber do teu filho.

Não choras, mas o peito vem a sangrar. O negrume que te cobre a alma não deixa ver o rio. O mesmo que, muito mais acima, conheces desde criança. Desde que te conheces. Outros diriam que aqui, na foz, também é muito lindo... a confundir-se com o mar. Mas não o vês.

Caminhas numa quase inconsciência. Repetes, mecanicamente, em sentido inverso, os passos que te trouxeram até aqui. Não vês quem passa, nem quem se senta ao teu lado. Estás só. Estás longe. Será uma sorte se não te enganares nos transportes.

Quatro horas mais tarde, chegas a casa. Daqui a duas semanas, voltarás a fazer o mesmo caminho, para, entre a esperança e o medo da má notícia, tentares o que hoje não conseguiste. Por instantes, percorres mentalmente o itinerário que repetirás: comboio até Santa Apolónia; em seguida, autocarro; comboio outra vez; e, por fim, a pé.

Passará um ano até ele voltar para casa. Oh, Deus seja louvado! Lembrada para sempre seja aquela abençoada madrugada — como passaste a nomeá-la — em que te bateu à porta, inesperado, muito para lá da meia-noite.

Um punho bateu forte, uma, duas, três vezes, e depois a voz dele.

— Sou eu, o Luís!

— Meu Deus, Jesus! — Que alvoroço, que aperto no coração (em tempos negros, o primeiro pensamento é de desgraça). E, passada a dúvida, que alegria!

— Estás bem, meu filho? O que se passou? Fugiste? Libertaram-te, mesmo? Assim, sem avisar? — perguntavas em catadupa, abraçada a ele, ainda mal fecharas a porta, enquanto no meio de sobrepostas exclamações e abraços, ia chegando o resto da família, acordada de escantilhão.

Sossegaste. Ouviste-o então contar que tinha sido libertado já noite cerrada, com mais dois camaradas da terra. Tinham vindo no último comboio até onde dera o dinheiro. Felizes, fizeram-se à estrada, e percorreram a pé a vintena de quilómetros que faltava até à vila.

Olhaste-o bem de frente: parecia muito mais velho do que os vinte e um anos que tinha.

De vez em quando, Rui Simões interrompera a leitura e olhara o filho. Em silêncio — mas tudo nele dizia que sim —, numa orgulhosa aprovação. No final, estava visivelmente emocionado.

— Parabéns, parece-me muito bem.

— Obrigado — respondeu Miguel, meio atrapalhado.

Rui sorriu. Conhecia-o bem. Ficava mais embaraçado com os elogios do que com as dificuldades.

— Agora, falta terminares a tarefa: entregar a carta à destinatária. E não a mandes pelo correio, a avó não sabe ler. Vai ter com ela num dia em que acabes as aulas mais cedo, e lê-a.

— Sim, pai. Farei isso.

Após uma breve pausa, Rui ainda acrescentou:

— Mas não te atrases. A idade e a saúde dela já não te dão muita folga.

V
NORTE DE ANGOLA, 1974

Quando, no final de maio de 1974, o amigo Fernandes chegou de jipe à porta de armas da Academia Militar, trazia cara de caso. Miguel Simões estava à entrada das instalações do Pelotão Operacional da Junta de Salvação Nacional e viu-o chegar. Pressentiu tudo e, no final, não se enganou. Permaneceu olhando-o fixamente, enquanto o outro caminhava soturno na sua direção.

— Chegou hoje a tua mobilização para Angola.

— Foda-se! Vi logo que só podia ser uma merda dessas. — E ficou num prolongado silêncio, até que perguntou:

— Quando embarco?

— Dentro de um mês.

— Já se sabe para que zona?

— Não, a papelada só deve chegar na próxima semana.

— Vou em rendição individual?

— Claro.

— Estás a ver — disse Miguel —, anda um gajo a esmifrar-se para ficar nos primeiros lugares da especialidade, fica em segundo entre cento e vinte marmanjos, e vai na mesma para o *ultramálo*[*].

[*] Corruptela de «ultramar» no tempo da guerra colonial.

— A quem o dizes — lembrou o amigo.

Fernandes tinha sido o quinto classificado do mesmo curso e recebera a ordem de mobilização duas semanas antes.

— E ir para aqueles confins do inferno já depois do 25 de Abril é que não esperava nada — desabafou Miguel.

— Ouve o que te digo, quando lá chegarmos já não há trabalho para atiradores de cavalaria como nós — disse o outro num riso curto.

Uma semana antes de embarcar, Miguel foi ao anexo do Hospital Militar em Campolide. Tinham-lhe dado o nome do militar que ia substituir e onde estava internado, mas aconselharam-no a não ir. Veria jovens estropiados e doentes de muitos males, físicos e psicológicos. Mesmo assim, foi. Não era um desejo mórbido; era uma daquelas insofridas urgências — que a juventude talvez explique — de querer conhecer já o mais que pudesse do sítio para onde iria. No fundo, queria saber o que o esperava, e isso foi mais forte do que a antevisão dos *quebra-olhos* com que se poderia cruzar.

Transposto o portão, ladeia o edifício e passa por alguns homens de pijama, sentados em cadeiras de rodas. Apanham o sol da manhã e olham-no curiosos. Sobe agora as escadas do edifício onde estão as enfermarias.

Acompanhado pelo enfermeiro, percorreu o longo corredor que levava à sala do militar que procurava. Entraram. O cheiro a éter inundava tudo. O enfermeiro deu uns passos e, pretendendo anunciar a visita, ainda iniciou a frase:

— Tem aqui uma visi... — mas calou-se a olhar para a cama vazia.

Ao lado, uma voz com um dos sotaques dos Açores informou que o doente em causa se ausentara. Miguel admitiu que fosse um dos que vira deambulando no exterior do edifício.

— Talvez não demore muito — admitiu o jovem açoriano.

Miguel adiantou o motivo por que estava ali:

— Eu espero por ele. É que vou substituí-lo lá em Angola e gostava de saber como aquilo é.

— Mas isso eu posso contar-lhe — sorriu o açoriano. — Éramos quase vizinhos.

Entretanto, o convalescente senta-se por cima do cobertor e Miguel vê que lhe fora amputada uma perna. Estremece. Não encara o outro de frente. Olha para o lado, mas prepara-se para ouvir.

Quando percebeu o interesse do visitante, o moço ajeitou o pijama, rodou e ficou com a única perna pendurada na parte lateral do colchão. Falou longa e descontraidamente, como se conhecesse as perguntas que lhe iria fazer e as respostas não lhe custassem.

Miguel ficou a saber que o procurado indivíduo pertencera à companhia que estava na Mamarrosa: um quartel muito perto da fronteira com a República do Zaire. Tinha encostada uma plantação de café e a sanzala onde viviam os trabalhadores. O militar acamado adiantou que o ausente fora evacuado por doença e não por ferimento em combate. Já ele, pelo contrário — e apontou para o lugar onde faltava a perna decepada —, tinha sido ferido numa emboscada que destruíra o seu pelotão.

O jovem continuou a falar. Deixara de lado a descrição da Mamarrosa e passou a falar da sua unidade e do sítio onde estava instalada. Ficava também na linha de fronteira ao longo do rio Congo, não havia qualquer população civil nas proximidades, e chamava-se M'Pozo.

— Me quê? — perguntou Miguel.

— M'Pozo. Tem o nome do rio que passa ao lado; um afluente do rio Congo.

Miguel Simões não tentou fixar o nome. Não lhe interessava particularmente. Não era ali, mas na Mamarrosa, onde — pensava ele — passaria os próximos meses da sua vida.

Não obstante, o insular retomou o relato.

— Dizia eu que quem atua naquela região até aos Dembos é a FNLA do Holden Roberto, mas os guerrilheiros evitavam confrontos perto da fronteira. Faziam daquela extensa zona uma passagem para o interior do território e, ou eram intercetados, o que era raro devido à imensidão da área a controlar, ou passavam durante a noite em pequenos grupos. Por isso, havia poucos enfrentamentos com a guerrilha naquela zona.

Neste ponto da descrição, um instintivo olhar de Miguel passou à altura da perna do relator. Penalizou-se por isso, mas já não havia nada a fazer. Foi só um vislumbre, mas bastou. O outro reparou, percebeu a pergunta implícita, fixou na cara um sorriso amarelo de resignação e esclareceu:

— Pois, percebo a dúvida... falta dizer que a emboscada de que falei não ocorreu na nossa zona, mas a muitos quilómetros a sul. Aconteceu quando fazíamos a proteção à coluna do MVL[*] que vinha de Ambrizete para São Salvador. No escalonamento entre todas as companhias daquela zona militar, coubera-nos proteger a coluna durante aquele mês.

Ele ainda divagou mais um pouco sobre o M'Pozo. Chegou, entretanto, a hora do almoço e o militar que viera evacuado por doença desde a Mamarrosa não apareceu. Miguel não esperou mais; agradeceu e despediu-se.

Já em solo angolano, Miguel Simões viria a saber que quem, definitivamente, determinava a unidade em que os militares em rendição individual seriam colocados eram os serviços do quartel-general em Luanda. E também descobriria que, numa Angola com centenas de aquartelamentos, o lugar onde iria bater com os costados não era a

[*] Movimento de Viaturas Logísticas: coluna de viaturas de abastecimento, com escolta militar.

Mamarrosa, mas, por grande coincidência, o M'Pozo: o tal lugar de nome estranho onde estivera o açoriano conversador, vítima da tão desgraçada emboscada.

O nome M'Pozo, que esquecera após a ida ao Hospital Militar, entrava-lhe agora no léxico e no cardápio dos significantes. E entrou-lhe envolto em suposições, como entram os nomes do que não conhecemos ou conhecemos mal: apenas uma sonoridade, um invólucro para preencher e ir ganhando corpo. Depois, ficou-lhe agarrado à pele — para sempre.

Na primeira sexta-feira de julho de 1974, em Luanda, correram rumores de que se preparava um ataque de taxistas ao musseque onde tinha aparecido morto um seu camarada de profissão. As autoridades declararam o recolher obrigatório até às seis horas da manhã do dia seguinte. Seria o primeiro de muitos até à independência de Angola.

Na tarde do mesmo dia, na companhia de recompletamento onde estava desde que chegara da metrópole, Miguel tinha sido avisado de que devia integrar-se no MVC* organizado de madrugada num recinto junto do bairro de Benfica. Este comboio de viaturas ia para o Norte e tinha como último destino a pequena cidade, e comando de sector militar, de São Salvador do Congo.

A hora-limite para estar no local de formação do MVC era anterior à do fim do recolher obrigatório. Argumentando com este facto, Miguel conseguiu autorização para o condutor de serviço o levar até lá.

De madrugada, em todo o percurso, a urbe parece desabitada. Não vê qualquer pessoa ou viatura em trânsito, nem indício de perturbação. Quando a claridade já começava a lamber os contornos do que a noite escondera, o único ruído era ainda o do motor do *Unimog* soando como um eco pela Luanda adormecida. O dia ia despontando

* Movimento de Viaturas Civis: coluna que integrava viaturas civis.

tranquilo. O recolher obrigatório tivera o efeito desejado, um sucesso que não viria a repetir-se muitas mais vezes.

E Miguel lá foi, numa grande camioneta de carga, sentado ao lado do condutor civil — um homem de meia-idade, negro, educado e de poucas palavras —, na sua primeira etapa até se enfiar no M'Pozo. Foram deixando os bairros da grande Luanda para trás e passando por novas povoações: Tentativa, Caxito, Libongos, Ambriz, Musserra... Tudo novo, tudo de uma vastidão exuberante, mas tudo visto pelos olhos de quem só se sentia aprisionado e imensamente fodido. Sim, imensamente fodido, e não havia outra maneira de o dizer.

Chegaram a Ambrizete ainda com muito sol. Miguel instalou-se e jantou na simpática estalagem de madeira com um alpendre em volta que dava para a praia. A seguir ao jantar, caminhou pela rua principal; e não havia muitas mais. Era noite de sábado, e a música que vinha de um recinto aberto chamava para a festa. Famílias jantavam num restaurante. Na rua, passavam pessoas livres e provavelmente felizes. Gente comum combinava coisas para essa noite e para domingo. Ele sentiu-se uma espécie de pária, esmagado pelo peso da existência. Invejou aquelas vidas apenas normais, mas que, para um desirmanado a caminho de se enfiar num *cu de judas* qualquer — sabia lá, até quando —, era muito mais do que isso: era a liberdade. Que ele, por má sorte e tibiezas próprias, agora repeso até ao tutano, deixara escapar. E como isso lhe doía...

No dia seguinte, a coluna prosseguiu para São Salvador. A estrada era pior e mais perigosa. Acabara o asfalto, começava a terra batida, por vezes muito irregular, e atravessavam-se zonas de maior atividade guerrilheira. A partir dali, viaturas militares colocavam-se à frente e atrás da coluna com intenções protetoras. Por seu lado, as companhias da respetiva quadrícula, aquarteladas ao longo do itinerário, tentavam assegurar a vigilância junto à estrada.

Para lá de Tomboco, o condutor interrompeu o seu habitual silêncio para comentar:

— Em fevereiro, houve aqui uma grande emboscada às últimas viaturas. Também ia nessa coluna, mas felizmente já tinha passado.

Miguel olhou a espingarda G3 que segurava ao lado e lembrou-se novamente das palavras do rapaz com a perna amputada.

Quando, horas mais tarde, chegaram a meio da subida para São Salvador, o condutor informou lacónico:

— É aqui.

Miguel dormitava e acordou.

O condutor parou a camioneta e, como o passageiro olhasse em volta e parecesse duvidar, repetiu:

— O sector militar é aqui.

Miguel despediu-se e desceu.

Um único soldado guardava a estreita entrada poente do comando da Zona Militar Norte (ZMN). Acolhia-se à sombra de uma palmeira que tinha crescido do lado da sanzala, mas debitava parte das suas palmas para dentro do quartel. Apenas algum arame, irregularmente alinhado, separava a área militar daquele aglomerado de casas de argila e telhado de folhas de zinco, ou simplesmente de cubatas cobertas de capim seco, que fora crescendo encostado à tropa. A porta por onde Miguel entrou era um retângulo de quatro barrotes com rede larga no meio. Nem vedação, nem porta impediam a devassa das galinhas, porcos, cabras, cães e demais bicharada que por ali vagueava. E ainda menos se opunham ao redemoinhar do vento que, em finais de tarde, aparecia antecipando noites de chuva. Uma pedra grande no chão travava a porta por dentro e mantinha-a mais ou menos encostada.

Com o saco militar às costas, a mala civil na mão esquerda e a espingarda na direita, Miguel pergunta à sentinela onde é a casa do oficial de dia e ele indica-lhe a direção. Já no interior do quartel, começa a subir um carreiro até ao portão principal.

Vai apresentar-se ao oficial de dia e passará a ser mais «um ativo» ao serviço da ZMN de Angola.

Continua subindo e vê, com crescente nitidez, uma silhueta isolada que o olha a partir do preciso ponto em que o declive terminava e — soube-o depois — começava a pista de terra batida do aeródromo da cidade, ao serviço dos aviões civis e militares.

Miguel já não duvida: a perfilada silhueta mantém-se concentrada nele e aparenta conhecê-lo. A si, também ela começa a parecer-lhe familiar. Mais tarde, com as devidas vénias a Sergio Leone e Ennio Morricone, Miguel dirá que esta subida, numa paisagem inóspita, com a personagem tornando-se cada vez mais nítida, se parecia com a cena em que Henry Fonda vai ao encontro de Charles Bronson, no final do filme *Era uma vez no Oeste*.

Chegou ainda mais perto, fez a continência e ficou incrédulo. Era o Dr. Antunes! Grande surpresa, era ele o oficial de dia!

O Dr. Antunes fora diretor na primeira empresa onde Miguel trabalhara, e alguém por quem tinha grande estima. Miguel nunca imaginara encontrá-lo em tão longínquas paragens. Era manifesto que chegara ali numa idade insolitamente tardia: entre ambos havia uma vintena de anos de diferença. Não lhe passaria pela cabeça que o Antunes não tivesse o problema do serviço militar há muito resolvido.

— Não esperava vê-lo aqui. Como o mundo é pequeno — comentou Miguel.

— Fui apanhado já velho pela tropa. Na altura, fiquei na reserva e agora foi isto.

— Pois, não imaginava.

— Nem eu. Com esta idade, mulher e filhas e as coisas estabilizadas na empresa...

A seguir a uma pausa, como quem recorda contrariedades, continuou:

— Felizmente, lá se conseguiu que a minha mulher fosse transferida para a escola daqui e estamos cá com as filhas. E você, para onde vai?

— M'Pozo.

— Hum... Um buraco — sussurrou o Antunes, sem querer —, mas será por pouco tempo, porque isto está a acabar — disse, corrigindo o tom.

Passados três dias, chegou a São Salvador uma coluna de viaturas do M'Pozo. Entre outras coisas, viera buscá-lo. Miguel inquiriu e confirmou o que já pressentia: viera substituir um dos mortos na emboscada de fevereiro, entre Tomboco e Quiximba.

No dia seguinte, estreou-se com os seus primeiros cento e cinquenta quilómetros de «picada». Era este o nome vulgar dado ao caminho de terra batida a que a terminologia militar, pródiga nas palavras, chamava pomposamente «Itinerário Principal de Reconhecimento». A «picada» não tinha mais do que a largura de uma *Berliet*. Contra essa exígua e irregular faixa de terra lutava perseverante o capim — alto e denso, de meter medo —, sempre pronto a avançar recuperando terrenos que já tinham sido seus. Com as chuvas, os pneus deixavam-lhe sulcos profundos e o caminho da primeira viatura era o de todas. *Berliets, Unimogs* e *Burrinhos do mato*[*] moviam-se como se andassem sobre carris.

Nas várias horas que a coluna demorou a percorrer o trajeto, passou primeiro pelo cruzamento que ia para os aquartelamentos da Mamarrosa e do Luvo, onde ficava o posto fronteiriço com a República do Zaire. Mais adiante, pararam no quartel da Canga para deixar dois guerrilheiros que se tinham entregado na picada cinco quilómetros antes. Nunca acontecera, mas aconteceu naquele dia, no que lhe pareceu ser uma espécie de cartão de visita.

---

[*] Viaturas de transporte militar de fabrico Mercedes-Benz, mais pequenas que os *Unimog*.

Retomada a marcha, Miguel chegou, finalmente, ao quartel do M'Pozo. A partir daqui o caminho continuava para lá da ponte, até M'Pala, e seguia para Nóqui.

M'Pozo era um retângulo de arame farpado sobranceiro ao caudaloso rio que lhe dava o nome. Não havia qualquer povoação ou aglomerado civil, por pequeno que fosse, nas muitas léguas em redor; só mato, envolvendo pequenas manchas de floresta de um verde-escuro que deixavam adivinhar linhas de água. Longe de tudo.

«Lá longe, onde o vento faz a curva», como Miguel já aprendera a dizer.

Tudo lhe pareceu provisório e inconsistente. Só a ponte sobre o rio, com uma dimensão e robustez inesperadas, destoava. Impunha-se fiável e perene sobre aquele cenário de humana precariedade. Confirmou-o inúmeras vezes a partir do dissimulado fortim, construído para a proteger no topo de uma espécie de promontório.

No meio do aquartelamento — o narrador sorri ao recordar —, um mágico campo de futebol, onde todas as tardes a seguir ao almoço a companhia formava perante o capitão. Este, igualmente miliciano, cumpria na tropa um longo parêntesis de mais de oito semestres no curso de Direito que deixara a meio.

Era ainda ali, no campo de futebol que servia de parada, ou vice-versa, que, algures entre as imaginárias linhas de meio-campo e da grande área do lado do refeitório, os grupos de combate se apresentavam à partida e à chegada das operações. Nos lados e nos topos situavam-se as valas abertas em todo o perímetro, para servirem de abrigo em caso de ataque. Valas que, durante os jogos, eram também indubitáveis linhas laterais e linhas de cabeceira do campo. O direito ao lançamento de linha lateral ou ao pontapé de canto nascia quando a bola desaparecia no fosso. Aí, o critério era objetivo, facilmente verificável, e não havia discussão. Já quanto ao detentor desse direito, outro galo cantava: também isso era, com frequência, matéria passível de acirrada discordância.

O campo, de piso irregular, sem marcações, onde pareciam nascer pedras a toda a hora e com duas balizas indiscutivelmente muito empenadas e sem rede, estando no meio do M'Pozo, era também o seu centro. Centro do seu maior evento regular: todas as tardes, depois da formatura, uma épica partida de futebol. Cabia-lhe ser o privilegiado palco de espantosas jornadas futebolísticas ao sol e à desalmada chuva dos trópicos, lamentavelmente ignoradas pela historiografia do jogo, mas nem por isso menos aguerridas e menos dignas de realce.

Os participantes variavam em função dos grupos de combate que não tinham saído em operação, mas as equipas eram sempre as mesmas: graduados contra praças, ou, como se queira, praças contra graduados. E, às vezes, a peleja faiscava.

Contou quem viu que, após entrada violenta junto à linha lateral, quer dizer, junto à vala lateral, dois intervenientes terão continuado a disputa dentro desta, agora em forma de pugilato. Ninguém se imiscuiu, os opositores saíram do buraco, voltaram a integrar os esquemas táticos das respetivas equipas, e o jogo, que prosseguira placidamente indiferente, nunca parou. E, ao que se soubesse, o incidente extrafutebolístico também ficou por ali.

Em volta do campo de futebol — verdadeiramente, tudo era à sua volta — dispunham-se as casernas, o refeitório, o depósito de material, as torres de vigia, um marco de correio improvisado de um bidão pintado de vermelho, a prisão e outras pequenas construções. A maioria em alvenaria, e uma ou outra ainda em madeira. E, abraçando tudo isto, marcando a divisória com o mato, ficava a linha exterior de arame farpado.

Mas não era tudo; M'Pozo era mais do que isso. Sobre as coisas e os homens, dominava altaneiro, numa cota muito superior, o «Pé de galo» por detrás do qual o sol se punha. E, quase sempre, em crepúsculos magníficos.

«Eram pores do sol para assistir de joelhos», lembrava Miguel.

Chamar «Pé de galo» àquele monte arborizado até perto do topo tinha sido perfeito. Vista cá de baixo, a mancha verde de floresta tornava-se irregular um pouco antes do pico e deixava livres três segmentos que se abriam como se abrem as patas dos galináceos.

Quando Miguel saía do arame farpado para ir ao fortim, o «Pé de galo» ficava de esguelha e a vista não era tão impressionante. Olhava, então, a ponte e os jacarés nas margens esparramados ao sol. Era, contudo, a contemplar o rio M'Pozo que mais se demorava. Muitas vezes barrento, corria rápido e alegre até desaparecer na curva onde, oculto por uma densa mata, desaguava o estreito e silencioso Juzi. Deste se bombeava a água usada no aquartelamento e, findava frente a um pequeno banco de areia, num sussurro de triste elegia.

A guarnição do quartel era uma pequena Babel de mais de duzentos homens. A grande maioria eram madeirenses e angolanos negros do recrutamento provincial, a que, para formar a companhia, se juntara uma vintena de graduados metropolitanos. Acresciam um pelotão de obuses vindo de Nova Lisboa* e uma unidade angolana de Tropas Especiais (TE), de quem se dizia serem antigos guerrilheiros dos movimentos de libertação — facto que Miguel nunca soube se era totalmente verdadeiro. Só lhe restou acreditar que uns seriam e outros não.

Além da partida diária de futebol, a outra animação do M'Pozo — embora mais rara e irregular — era a chegada da avioneta trazendo víveres e o correio. O ritual repetia-se igual, fossem quem fossem os intervenientes. Tudo começava com o soldado da vigia do lado nascente gritando numa voz de pregão:

— Aviããão! Aviããão!

Tinha visto a pequena aeronave quando esta era apenas um ínfimo ponto na imensidão do horizonte.

---

* Atual cidade do Huambo.

Rapidamente, uma parte do grupo de combate escalonado naquele dia para a segurança do quartel corria para os *Unimog*. Aos atiradores juntava-se o cabo da secretaria depois de ensacar a correspondência depositada no marco do correio, para que o piloto a entregasse em São Salvador e daí seguisse para os destinatários.

Ainda mal se ouvia o motor do frágil avião e já as viaturas saiam ao portão para percorrer os quinhentos metros de terra batida até à pista. Aí, os homens distribuíam-se ao longo da mesma e faziam a sua proteção.

A improvisada pista de aterragem não era mais do que uma faixa de terra batida tirada ao mato, que se mantinha sofrivelmente limpa e alisada, graças às benfeitorias de capinagem e tosca reparação com que de tempos a tempos a prendavam. Se chovia forte, alisavam-se os regos e as poças que a chuva deixava e retiravam-se as pedras e arbustos que apareciam. Nunca se sabia quando podia chegar uma avioneta. Por isso, todas as manhãs, meia dúzia de soldados «picavam» a pista usando uma espécie de varetas com um bico de ferro na ponta. Faziam-no agora com atenção redobrada: tinham rebentado minas nas pistas de dois quartéis da linha de Maquela do Zombo.

O aparelho dava uma volta larga sobrevoando toda a zona, antes de aterrar no meio dos solavancos provocados pelas irregularidades da pista.

— É pá, vocês têm de tirar estes buracos da pista — disse o piloto, repetindo queixas antigas.

— Tem chovido muito — desculpou-se o furriel.

— Por menos do que isto já recusaram aterrar noutros quartéis — e havia na voz dele uma ameaça velada.

Avioneta descarregada e já longe no ar, o grupo regressava ao arame farpado com a carga que chegara. A maior parte eram alimentos, mas o correio era a parcela mais esperada. Os homens juntavam-se no refeitório aguardando a entrega das cartas e das raras encomendas. O furriel de serviço ia chamando os destinatários. Sobrevinham ansiedades, sorrisos, rostos fechados, uma ou outra palavra desesperada...

Era a vida, que continuava fora do M'Pozo. E aqui se mostrava chegando — quando chegava — em pedaços dentro de envelopes.

Tudo visto, era assim o quartel do M'Pozo.

Já instalado, Miguel soube mais acerca do falecido militar que vinha substituir e conheceu outros pormenores da famigerada emboscada que dizimara o agora seu grupo de combate.

Guerrilheiros da FNLA, emboscados no capim, tinham metralhado a curta distância os *Unimog* que fechavam a coluna de MVL destinada a São Salvador do Congo. No lado dos militares portugueses contaram-se seis mortos, sete feridos e dois capturados que também iam feridos. Um dos capturados conseguiu fugir aos guerrilheiros e, no final do dia seguinte, foi avistado e recolhido por um helicóptero que tentava localizar o grupo que desencadeara o ataque. Estava no cimo de um mamelão, exangue e prestes a desfalecer. Passada uma temporada no hospital em Luanda, voltou ao M'Pozo e ao grupo de combate, mas, muitos meses depois, o olhar dele era ainda a coisa mais alucinada que Miguel alguma vez veria.

Também o *Velhinho*, natural de Lanhelas, fora colocado no M'Pozo na sequência da mesma emboscada. Tinha vindo do leste de Angola com a mesma finalidade: completar o grupo de combate, então reduzido a metade. Quando Miguel chegou, já ele lá estava há várias semanas. Estava próximo de cumprir os previstos vinte e quatro meses de comissão e regressar à metrópole. Tinha pouco tempo de M'Pozo, mas muito de Angola. Era, na gíria da tropa, um *velhinho*. Até muito mais *velhinho* do que a companhia onde agora estávamos. E por *Velhinho* ficou conhecido.

Ao contrário do MPLA e da UNITA, em agosto de 1974 a FNLA ainda não tinha acordado o cessar-fogo com as autoridades portuguesas, nem parecia que o fizesse tão cedo. Miguel já sabia que a zona de guerrilha daquele movimento se situava tradicionalmente mais para o interior, mas, sinalizando que tinham de contar com ela para as negociações com vista à independência de Angola, a FNLA aumentou também a atividade de guerrilha nas zonas próximas da fronteira com o Zaire. O Zaire, diga-se, era governado por Mobutu, simultaneamente cunhado e grande apoio de Holden Roberto.

Nesse mês, a Polícia de Informação Militar (PIM) avisara, em mensagens classificadas como muito fidedignas, da elevada possibilidade de ocorrerem ataques a unidades próximas da fronteira, na linha entre São Salvador do Congo e Nóqui. E indicavam-se três alvos prováveis: um quartel na fronteira, outro à distância de meio dia de marcha desta, e um terceiro a um dia de marcha.

Por isso, quando chegava a noite, o pessoal que não estava em operações no mato levava os colchões, cobertores e almofadas das casernas e dormia nas valas abertas à volta do campo de futebol. Diariamente, uma estranha procissão à luz da lua e, aos primeiros alvores do dia, outra no sentido inverso.

Não foi preciso esperar muito para que se visse o quão certeiros tinham sido os avisos da PIM. No espaço de uma semana, foram atacados o aquartelamento da fronteira — o Luvo — e o que dela estava a meio dia de marcha — a Mamarrosa. Faltava um dos três que distavam cerca de um dia de caminho.

Nas picadas da região passaram a aparecer minas anticarro como nunca acontecera. Algumas eram detetadas na picagem, mas as distâncias a percorrer eram grandes e escasso o tempo para chegar aos destinos. Não era possível ir de vareta na mão espetando cada palmo do caminho; e corriam-se riscos. Picavam-se os troços mais escondidos e carregavam-se com acrescidos sacos de areia as viaturas pesadas que, na frente das colunas, serviam de rebenta-minas. Confiava-se que aquele peso suplementar, mais o do escudo circular de ferro colocado em cima das *Berliet* para abrigar os atiradores das metralhadoras *Browning*, mitigassem decisivamente o impacto da explosão.

Já com grande parte das baixas do grupo de combate colmatadas por militares regressados do hospital, vindos em rendição individual da metrópole ou castigados de outros quartéis espalhados pelo território angolano, fora o *Velhinho* quem liderara o grupo na primeira operação no mato em que Miguel participou. Agora, recebida a almejada ordem para terminar a comissão e regressar ao *Puto* — assim era designada a metrópole —, o *Velhinho*, com efusiva alegria e oferta de *bar aberto* a toda a messe, terminava as funções militares operacionais. Coube-lhe a si, Miguel, comandar a coluna que o levaria até São Salvador. Daí ele apanharia um avião para Luanda e, a seguir, outro para *a peluda*![*]

No regresso, aproveitariam para trazer combustíveis, peças para viaturas, bens de maior dimensão e, ainda, víveres em maior quantidade do que os transportáveis na avioneta.

A coluna partiu de M'Pozo ao raiar do dia. Como habitualmente, fez-se uma ou outra picagem nas zonas mais esconsas e chegou-se à Canga sem problemas. Aí, integraram-se mais duas viaturas e o respetivo pessoal. O mesmo se passou mais à frente com a junção das viaturas da Mamarrosa.

Já o sol queimava forte quando numa curva a descer, muito fechada e emparedada entre dois pequenos morros — conhecida por *curva da ferradura* —, rebentou uma mina anticarro. Os homens saltaram das viaturas e abrigaram-se. Soaram várias rajadas de tiros, mas, passados os primeiros disparos, percebeu-se que as detonações que ainda se ouviam vinham já só do lado português. Alguém das primeiras viaturas viria a jurar ter visto guerrilheiros entre a vegetação e respondera com algumas rajadas.

[*] Na gíria militar, *a peluda* era a vida civil, onde, naturalmente, não havia a obrigação de usar o cabelo curto.

Miguel chegou à frente da coluna para ver o que acontecera. A mina estoirara com o eixo dianteiro da *Berliet* que servia de rebenta-minas e ela afocinhara naquela terra vermelha. O condutor gemia de dor agarrado a uma perna, onde o cabo-enfermeiro confirmou uma fratura exposta. Ferido e viatura não sairiam dali pelos seus próprios meios. No estado e na posição em que ficara, a pesada *Berliet* só se moveria se rebocada, e nenhuma das outras viaturas o conseguiria fazer.

No silêncio que durou enquanto avaliava a situação, ouviu-se a voz do *Velhinho*. Em pé, no meio do caminho, numa pose quase cómica, olhava o céu e praguejava aos berros:

— Foda-se! Fodam-se, estes gajos! Nem no último dia me deixam sossegado. Cabrões, que não me querem deixar ir embora!

Não obstante a tensão do momento, Miguel não pode deixar de sorrir ao vê-lo gritando picada abaixo, de peito feito, indiferente ao perigo que houvesse. Parecia-lhe um daqueles heróis crepusculares a quem já só resta blasfemar, esbracejando quixotescamente contra o destino.

Com aquela mina, fora também ao ar a fleuma que dele ressumara em toda a estadia no M'Pozo. Como os outros, também Miguel atribuíra à sua veterania a atitude distante que exibia independentemente das situações. Mas, mesmo à beira de ver tudo aquilo pelas costas, até para ele esta «ocorrência», muito para lá do 25 de Abril, tinha sido de mais.

A posição em que ficou a viatura rebenta-minas permitia, ainda assim, que os outros carros entrassem no capim, passassem por ela e continuassem. Enquanto metade do grupo de combate, com algumas viaturas, ficou a fazer a segurança à *Berliet*, a restante coluna continuou para São Salvador, onde, além do *Velhinho*, deixaria o ferido e traria uma viatura rebocadora do agrupamento de engenharia instalado na cidade.

Já os carros se preparavam para retomar a marcha quando Miguel viu que um grupo de soldados recusava sentar-se no banco do *Unimog* onde vinham. Só um deles, a quem os outros achincalhavam, permanecia sentado. Miguel aproximou-se e sentiu um fedor insuportável. O soldado borrara-se todo: tinha o medo enfiado nas tripas. Com modos destinados a preservar-lhe a pouca autoestima que lhe restaria, mandou-o apear-se e ficar com os que permaneciam no local.

No comando do sector militar, não foi fácil nem rápido conseguir a rebocadora e pô-la a caminho. Demorou muito até que a viatura e a respetiva guarnição se juntassem à coluna para retornarem à *curva da ferradura*. A coisa tornou-se inusitada. Sob um calor espesso, os homens e as viaturas do M'Pozo esperaram bem mais de uma hora ao fundo da rua principal de São Salvador, junto do cemitério antigo. Tinham em frente aquele cilindro de pedra na vertical, com metro e meio de diâmetro e três ou quatro de altura, que constava ser o túmulo de um poderoso rei do Congo; tal como constava que a igreja em ruínas ao lado fora a primeira igreja cristã da África subsaariana, e tinha sido construída por jesuítas portugueses no século XV.

Miguel não era de perturbar o sacrossanto equilíbrio das hierarquias, mas, exasperado por ver os minutos a passar e o sol a caminhar para o poente sem que o problema se resolvesse, lembrou respeitosamente a um dos ajudantes do comandante que se a viatura de engenharia demorasse mais teriam de fazer o caminho de noite. O outro ficou calado e nem levantou a cabeça do que estava a fazer; e isso não lhe agradou. O ajudante da alta patente continuou durante alguns segundos com ar de enfado e sem responder; e isso ainda lhe agradou menos. Disse, finalmente, a criatura:

— Está com medo? Nunca andou de noite na mata? — e zombava, cabotino.

— Em coluna de viaturas, não. Nem nunca ouvi que tal se fizesse — respondeu Miguel, com uma grande vontade de o mandar à merda.

Apesar dos avisos, concretizou-se o que temera: a viatura Caterpillar apareceu quando o sol já rasava o horizonte. Chegaram à *curva da ferradura* com restos da luz do dia, e foi com essa minguada claridade que atrelaram rebocadora e rebocada, colocaram esta no trilho e iniciaram o regresso. Mas todo o percurso de volta a São Salvador foi feito de noite.

Não havia luar, e o cair da noite trouxe o cheiro do mato ainda mais intenso do que habitualmente. Recorda-se bem, tão bem como se fosse agora: os pássaros calaram-se, mas os pequenos bichos restolhavam de forma mais audível. Aqui, a memória não falha. Não tropeça, não se mistura com outros factos ou até com sonhos. Não toca na tecla errada. África não é só a terra dos grandes espaços e das grandes diferenças, é também a terra das recordações mais nítidas e mais perenes.

Entre fazer o percurso com as luzes das viaturas ligadas, dando até muito longe um provocante indicador da sua localização, ou fazê-lo de luzes apagadas com o perigo de cair nalgum buraco, Miguel decidiu que seguiriam lentamente no escuro até São Salvador.

Reparou que não sentia qualquer medo, apenas raiva. Não que a ausência de medo fosse uma bravata. Era uma sensação estranha de indiferença. Feitas as coisas o melhor que sabia, sobrava um «que se lixe, há de ser o que for». Levava consigo uma valente carga de niilismo, mas havia ainda muito espaço para a ira.

E foi com ela no peito que foi habituando os olhos à escuridão. Metros mais à frente, confirmou que, com o hábito, nem o escuro era absolutamente escuro.

Só acenderam os faróis das viaturas quando avistaram os primeiros postos de vigia da cidade. E foi diante das luzes destes postos que se voltou para Baltazar, o cabo da metralhadora HK-21 e um operacional de mão cheia:

— Desta estamos safos — sorriu. — Ainda vamos em dezembro às festas de Vale do Paraíso.

Ambos conheciam bem tais festividades. Eram do mesmo concelho.

— Desculpe, eu já vou às deste ano, mas você ainda é muito novo nesta guerra. Vai ter de esperar — brincou o «Balta».

Estavam a chegar. Miguel respirou fundo. Ficou atenuada a raiva que trazia. Contra as altas patentes, contra aquela merda de guerra, contra esta guerrilha a desoras. Guerra de fim de guerra, com o manhoso fito nas urgências de apropriação que se perfilavam no futuro.

Quando chegou à residencial Estrela do Congo já não havia comensais no restaurante, nem nada para jantar. Por especial favor, fritaram-lhe dois ovos que guarneceram com fiambre de conserva. Bebeu duas cervejas frescas que o fizeram grato à vida e sentiu nas veias a adrenalina a desaparecer. Mergulhou num mar de lassidão. Demorou-se na sala vazia. Passava da meia-noite quando se foi deitar. Pediu a chave da habitação e o dono explicou que, quando o *Velhinho* quis marcar um quarto para ele e outro para si, já só havia um. E não tinha outra cama disponível.

Miguel dormiu no chão, numa cama feita num colchão de espuma. O *Velhinho* dormia profundamente e nunca acordou. Talvez tivesse festejado a sua última coluna militar com uns excessivos uísques e andasse já pelas romarias do seu Alto Minho.

Na manhã do dia seguinte, feitos os carregamentos do material e dos géneros requisitados, a coluna saiu de São Salvador de regresso ao M'Pozo.

Quando passou pelo sítio onde tinha rebentado a mina, Miguel olhou demoradamente a cratera aberta com os rebordos queimados. Avaliou a zona, agora com mais calma, e franziu o cenho ao pensar como num local como aquele — curva apertada descendo entre duas pequenas elevações — não teria sido possível evitar muitas baixas se à rebentação da mina se tivesse seguido uma emboscada. E não seria necessário grande armamento. Em casos destes, dizia, brincando:

— Bastaria atirarem com pedras.

Só conhecia um sítio pior para fazer passar um caminho em tempos de guerra. Era no *Jones*: um magnífico vale, de grande beleza, entre M'Pozo e o quartel de M'Pala. Numa grande reta, a picada passava apertada, roçando os sopés de dois eretos mamelões: as *mamas da Brigite*.

«Também ali, até à pedrada seríamos mortos», pensou.

Findava o mês de agosto. Não havia notícias sobre o cessar-fogo com a FNLA. A guerrilha continuava.

A Canga não tinha pista de aterragem e, naquela tarde, coube a uma coluna do M'Pozo levar-lhes o correio e a outra carga que viera na avioneta e lhes era destinada.

«Os Embondeiros» era um ponto de referência militar na geografia entre os dois quartéis. Fazia jus ao nome: uma elevação suave encostada à picada — razoável local de observação — encimada por quatro daquelas grandes árvores despidas de folhagem. Troncos avermelhados, da cor da terra, com raros ramos no topo, que pareciam raízes secas apontadas ao céu, como braços numa prece. Não havia nos metros em volta outra vegetação relevante. Alguns arbustos e nada mais.

O *Unimog* acabara de vencer a ligeira subida dos Embondeiros quando se ouviu a explosão. Miguel saltou instintivamente e, com a G3 pronta a disparar, deitou-se no capim baixo que havia na berma. Todos os ocupantes das viaturas fizeram o mesmo.

Quando concluiu que à explosão não se seguira uma emboscada, levantou o tronco e confirmou que a viatura pesada que seguia à sua frente acionara uma mina. Ao lado da viatura, um pneu arrancado com o impacto explosivo ardia no meio de uma nuvem de fumo negro. Junto ao pneu estava um corpo que fora projetado e não se mexia. Viu que o condutor do *Unimog* onde vinha não tinha ainda regressado. Correu então pelo trilho dos rodados das viaturas o mais rápido que pôde, e já estava próximo quando o corpo, antes inanimado, passou a debater-se no solo com o fogo que se pegara à farda. Gritava sem parar. Miguel tirou o dólmen e, como se fosse uma manta, apertou com ele o corpo do ferido. Sentiu-lhe o tronco e as pernas em convulsão, mas cingiu-o até abafar as chamas.

Aos gritos do homem queimado juntavam-se os gemidos do condutor da viatura rebentada. Permanecera ao volante e só agora se começava a mexer. Queixava-se das costas, mas Miguel percebeu que este não era um caso tão grave.

A rebenta-minas tinha a parte da frente e o depósito de combustível desfeitos, e ficara inoperacional. Duas viaturas ficaram a protegê-la até à chegada da Mercedes-Benz que a rebocaria. As outras duas regressaram imediatamente ao quartel com os feridos.

Solicitaram ao comando da ZMN o envio de uma avioneta para transportar o soldado queimado para o hospital. Sem sucesso, contudo. Tal não era possível. «Dentro em breve ficaria escuro e não voavam de noite». Teria de aguardar-se até à manhã do dia seguinte.

Na exígua enfermaria, o furriel-enfermeiro e um cabo da mesma especialidade faziam o que podiam, mas as queimaduras eram profundas e extensas. Ao longo de toda essa desgraçada noite, os gritos lancinantes do ferido, suplicando pelo fim daquele pungente martírio, ecoaram na mata muito além dos limites do arame farpado e doeram forte na inteligência de cada um.

Já passava das onze horas da manhã do dia seguinte quando uma velhinha *Dornier* aterrou e transportou o ferido para São Salvador. Continuava em enorme sofrimento. Poucos acreditaram na sua sobrevivência.

Tinham passado dois dias quando chegou a informação de que falecera a caminho de Luanda.

VI
LUANDA, 1975

Dona Genciana voltava a acreditar!

Corria o mês de junho de 1975 em Luanda e, tão entusiasticamente como após o Acordo de Alvor em janeiro, Genciana voltava a juntar sinais como pedrinhas em que alicerçava mais um empolgado renascer da esperança. Voltava a acreditar que o entendimento e a paz regressariam à sua querida cidade. E os seus olhos bons, carregados de animada ilusão, viam-na já reganhando confiança e alegria.

Genciana Amélia, mestiça, muito formosa quando moça (e isso ainda se notava), enviuvara de um português — Agostinho de seu nome — que, já entrado em idade, se enfeitiçara por ela e, agradecido pelas muitas horas felizes que a encantadora jovem lhe ofertara, com ela casou, fazendo-a esposa e herdeira. O quinhão mais visível da herança fora aquela moradia no Largo das Ingombotas, onde vivia e arrendava dois dos seus três quartos, com mesa, roupa lavada e serventia da sala. Viúva de Agostinho, não lhe rondou a porta aconchego que a seduzisse, e por ali ficou.

Foi um dos tais quartos que Miguel Simões arrendou logo que a sua companhia deixou o mato e rodou para Luanda. Estivera demasiado tempo enfiado naquele fim de mundo do M'Pozo, e a instituição castrense estava longe de o entusiasmar. Pretendia viver afastado da tropa o mais que pudesse. Era em casa de dona Genciana que dormia, almoçava e jantava, quando não calhava estar de serviço no quartel ou andar em colunas de *Unimogs* e *Chaimites* patrulhando a «cidade do asfalto» e os musseques.

Genciana não perdia os noticiários da rádio e, apesar de ter passado as seis décadas de idade, lia todos os dias o jornal de fio a pavio sem precisar de óculos. Esmiuçava tudo, e, na circunstância, tudo peneirado, recolhia pacientemente argumentos para contrapor a prognósticos de desgraça que alguns, com base em inevitabilidades históricas decorrentes da luta pelo poder, lhe garantiam como certos. Acreditava teimosamente que o desejo de concórdia era ínsito à natureza dos angolanos:

— São todos criaturas tementes a Deus. Se podem dar-se bem, por que irão dar-se mal?

E rematava concludente:

— E esta é uma terra que dá para todos.

Decididamente, a vida, e em particular o seu falecido Agostinho, que tinha sido grande parte dela, não lhe tinham dado razões para desconfiar da natureza humana. De facto, nunca ele lhe mentira ou faltara com nada. Nunca lhe dirigira uma má palavra ou um gesto agreste que fosse. E fazia-lhe as vontades. Ela recordava que, sendo avesso à prática religiosa em geral, era sem fastio que todas as manhãs de domingo a levava à missa da igreja de S. Paulo no seu BMW. Agostinho sabia que, desde criança, aquela era a igreja de Genciana: a família morava perto e a mãe levava-a consigo às cerimónias religiosas. Aquele era o seu bairro. Naquela igreja fizera todas as classes da catequese e este era também um modo de revisitar a sua juventude e algumas das suas amigas. Ele não participava na eucaristia, mas mantinha-se ao seu lado. Ela não descartava a possibilidade de a atitude dele se destinar, em grande parte, a desincentivar veleidades de potenciais pretendentes, mas isso não lhe era de todo desagradável.

Genciana gostava de conversar com Miguel sobre «essas coisas da política» e ele não fugia às conversas. Conversas para as quais tinha muita disponibilidade, especialmente nas vezes em que o recolher obrigatório na cidade o impedia de sair à noite, e que revelaram ser ela uma divertida comunicadora. E falava num tom de tranquila reflexão, com que ele simpatizava.

Naquela noite, Miguel não saíra e ela desfiou a razão do seu renovado ânimo. Achava que a violência e a mortandade que, há semanas, vinham flagelando os subúrbios e se aproximavam do centro da cidade, iriam terminar, porque os dirigentes do MPLA, da FNLA e da UNITA acabavam de assinar o Acordo de Nakuru.

Era óbvio — Miguel não duvidava — que Genciana sabia não virem dali compromissos novos. Teria certamente presente — tinham falado disso várias vezes — que o cessar-fogo e a renúncia ao uso das armas como meio de combate político tinham já sido, por mais de uma vez, anteriormente firmados entre os movimentos de libertação e, não obstante, rapidamente destratados. Olhou-a como quem questiona, e ela justificou-se:

— Sim, eu sei que já antes se comprometeram a cessar as hostilidades e a realizar eleições pacíficas, e voltaram ao mesmo.

— E por que razão acredita que agora será diferente?

Ela respirou fundo.

— Veja: foram os chefes dos três movimentos que decidiram seguir o apelo da União Africana e reuniram-se para terminar com esta desgraça. É uma coisa só entre africanos, ninguém os empurrou. Os portugueses nem participaram. E o presidente do Quénia, que organizou o encontro, é muito respeitado.

Ficou calado e ela olhou-o fixamente. Genciana ansiava por um vestígio de concordância que viesse dele. Miguel hesitava.

Da sua palavra parecia depender o alento — pelo menos por agora — de alguém que amava profundamente a sua terra, sempre ali tinha vivido e não queria outro lugar para viver. Ele admirava a vitalidade daquela crença. Não era uma prece; era a convicção de que não poderia ser de outro modo. A despeito do elevado número de estações das chuvas e do cacimbo que por ela já tinham passado, Genciana descobria grandezas infindáveis no género humano. E o que sabia ele da vida, para atalhar o entusiasmo feito de energia e fé de alguém com o triplo da sua idade?

Por fim, Miguel assentiu, meneando a cabeça, e respondeu, com mediana convicção:

— Talvez. Talvez tenha razão e eles se entendam. Seria muito bom.

Enquanto conversavam, chegou à sala o outro hóspede. Era gerente de uma agência bancária. Alto, magro e acelerado, alguém da vizinhança o tinha alcunhado de *palito esgrouviado*. Também dona Genciana já se apercebera de que ele andava manifestamente descontrolado, sem que se soubesse se o desequilíbrio era de agora, fruto das convulsões próprias do período em que se vivia, ou se já vinha de trás. Semanas antes, tinha vendido à pressa o apartamento, colocado a mulher e os filhos num avião para Portugal e passara a viver ali.

Sem esperar que o convidassem, o *Palito* sentou-se à mesa de jantar a ouvir o resto da conversa. Percebeu do que falavam, adotou um semblante sério e disse com ar descontraído:

— Não se preocupem. No final, é tudo uma questão de tempo. As pessoas ou morrem agora ou morrem depois.

Miguel não esperava isso e soltou uma gargalhada.

Dona Genciana ficou a olhar para o hóspede entre a estupefação e a censura, até que, sem uma palavra, voltou a baixar o rosto sobre o jornal. Encolheu os ombros em ar de resignação.

O *Palito* levantou-se.

— Vou espairecer!

— Tenha cuidado, senhor Amílcar — disse ela, num jeito que trazia água no bico. — E não faça barulho ao chegar.

Amílcar, quer dizer, o *Palito*, gracejou:

— Não se preocupe. Vou só comprar uns esticadores para os colarinhos — e riu-se da própria laracha.

Perante a graçola, Genciana voltou a encolher os ombros. A vizinhança já lhe fizera chegar a informação de que ele passava as noites sentado ao balcão da discoteca Lotus a emborcar uísques duplos com gelo, enquanto dirigia libidinosos olhares às moças que dançavam. Uma noite, já tardíssimo, regressou tão bêbado que, ao sentir o vómito, quis correr para a casa de banho, mas errou a porta e foi de borco contra a credência que estava à entrada, estilhaçando com a cabeça o espelho que havia por cima.

Quando o bancário saiu, ela encostou o indicador à cabeça, sinalizando o destrambelho do hóspede. E murmurou:

— Coitado, está cacimbado. Aquilo no banco está uma confusão.

— Imagino — respondeu Miguel, ligeiramente desinteressado.

A despeito de ver que não era assunto que tocasse por aí além a atenção do seu interlocutor, Genciana fez questão de exibir o que sabia sobre os constrangimentos da atividade bancária inerentes ao momento.

— Toda a gente a querer levantar o dinheiro dos bancos para trocar no mercado negro por escudos da metrópole, dólares ou rands da África do Sul. Ao contrário, neste momento ninguém lá vai depositar dinheiro.

E continuou:

— Ainda por cima, com toda a gente a partir, e as empresas e as lojas com as portas fechadas, quem tinha dívidas não pagou, nem vai pagar.

Miguel corroborou com um murmúrio, desejou-lhe boa noite e foi para o quarto. Disse estar muito cansado — e estava. No dia anterior coubera ao seu pelotão patrulhar alguns musseques. Já noite cerrada, mandara pôr as viaturas na parte de dentro dos muros da fábrica da cerveja Cuca e, apesar do chão cimentado e relativamente limpo convidar a um sono razoável, nunca o mesmo lhe chegou. Não pregou olho. Sentou-se no cobertor e, entre mil divagações, foi vendo, até de manhã, os soldados revezando-se na vigilância.

Fizera bem em não desanimar dona Genciana. Lembrava-se bem dos desesperados apelos do alto-comissário emitidos pela rádio, para que os ministros, indicados por cada um dos movimentos, comparecessem nas reuniões do Governo de Transição e da Comissão Nacional de Defesa. E também sabia que nessas reuniões, por mais de uma vez, ministros sacaram de armas em plena sessão ameaçando membros dos outros movimentos. Mas não seria ele a acinzentar aquela esperança, a lembrar-lhe do quão longe, na escala da destruição, pode chegar a luta pelo poder. Não, não iria questionar o bordão a que ela se amparava para acreditar que, desta vez, tudo seria diferente. E, acima de tudo, já duvidava que tal contraditório tivesse qualquer eficácia.

Desconfiava que ela já se tinha refugiado no único arrimo que lhe interessava, ainda que contra todos os sinais, numa espécie de sectarismo virtuoso. Ia filtrando os factos em obediência àquela benigna obstinação.

Ao invés, Miguel estava cada vez mais cético quanto à evolução da situação. Já esmorecera a luz do seu otimismo. Começara por ver esfarelar-se em menos de um mês o que, idealmente, teria sido o embrião de um exército nacional angolano. Fizera parte, desde o primeiro momento, do COTI — Comando Operacional de Tropa Integrada. No princípio, as viaturas que patrulhavam a «grande Luanda» para manter a ordem integraram, de par com os soldados do exército português, também os militares do MPLA, da FNLA e da UNITA. Contudo, dia após dia, estes iam faltando cada vez em maior número, como ele constatava no local da concentração para formar as colunas. Acabaram por desaparecer por completo, à medida que corriam as notícias de que os atritos entre eles eram cada vez mais frequentes e mais agressivos.

A seguir, chegou pela rádio uma catadupa de comunicados dos movimentos. No princípio, recriminações, para rapidamente passarem a transbordar de ameaças e de incitamento ao esmagamento dos adversários, que pareciam fechar a porta a qualquer entendimento.

A verdade é que, durante perto de três semanas — que pareceram uma luminosa primavera —, Genciana teve razões para acreditar. Celebrado o Acordo de Nakuru, a cidade teve dezoito dias de paz e alegrou-se. Depois de tanto tempo, não se ouviam tiros. Depois de tanto tempo, Luanda voltava às suas velhas rotinas e parecia ter esquecido a angústia dos meses anteriores. Havia até quem se surpreendesse ao deparar-se com uma mercearia, uma retrosaria ou um restaurante que tinham fechado portas, ou se admirasse por esta ou aquela família conhecida ter partido para Portugal.

No dia nove de julho, porém, Luanda e, sobretudo, os bairros à sua volta, explodiram numa espiral de violência e morte nunca vista. Ardiam na fornalha do ódio; e depois na sede de vingança. Tirava-se desforço, com ou sem razão, sendo que, para o caso, a diferença era irrelevante. Era o primeiro de vários dias a ferro e fogo.

Miguel tinha passado pelo quartel e fora à baixa da cidade ver o que poderia comprar com os *angolares* que ainda tinha e que, por excederem o limite estabelecido, não podia transferir para a metrópole. Comprara alguns aparelhos eletrónicos *made in Japan* numa loja perto do Bazar Lisboa, passara em frente à Versalhes onde o mercado negro do câmbio ainda fervilhava, movido pela ânsia da obtenção de divisas aceites fora de Angola, e está agora em frente de um pequeno pronto-a-vestir no início da rua que vai até ao estádio dos Coqueiros. A montra tem apenas um vestido de senhora e três ou quatro peças de roupa de homem. Dentro da loja, pouco mais. Entra e veste o polo de boa marca, cor de salmão, que estava na montra. Gosta dele e é o seu tamanho.

Acabava de pagar quando, cortando o precário silêncio, uma rajada de metralhadora assobiou nas paredes do prédio. Atirou-se ao chão e rastejou para fechar a porta por dentro, enquanto a empregada se enroscava atrás do balcão e começava a chorar. Chorava e rezava.

— Dê-me a chave da porta — gritou ele.

Ela, sem se levantar, tateou atabalhoadamente uma gaveta e atirou-lhe um apavorado molho de chaves. Ele trancou a porta e correu os estores.

Demorou até os tiros cessarem. A empregada ainda soluçava. Miguel agarrou nas suas coisas e saiu. Procurou um táxi, mas não havia nenhum. Subiu as ruas em passo estugado, desde a Mutamba até ao Largo das Ingombotas, enquanto da periferia chegava o estrondo repetido dos rebentamentos e, mais próximo, o estampido de tiros dispersos. Pelo caminho, viu os rostos aflitos das pessoas: corriam a abrigar-se nas casas e atrás dos carros estacionados. Uma jovem apertando o filho ao colo atravessava as ruas em corridinhas nervosas, buscando junto às portadas abrigo de prédio em prédio. Só um homem, muito idoso, caminhava indiferente a tudo.

Miguel Simões ainda hoje guarda aquele polo. Já não lhe serve e a cor de salmão está bastante desmaiada, mas é o memorial daquele dia.

Miguel chegou às Ingombotas. Abriu o estreito portão e atravessou o jardim em frente da porta de dona Genciana. Sente o forte perfume que dele exala e jura nunca o ter sentido tão intenso. Parece-lhe uma despedida. E ele admite que é.

Entra em casa e especa à entrada da sala quando passava no corredor. As persianas, quase totalmente corridas, coavam em tiras a claridade que vinha da rua. Ao fundo, na penumbra da pouca luz que havia, Genciana, sentada no sofá, olhava para o vazio. O rádio estava desligado e o jornal posto de lado. Ela olhou-o e levantou as mãos para o céu, num gesto arrastado de resignação que parecia ir congelar-se no tempo. Genciana era outra; estava vencida. O semblante provava-o bem. A bruta realidade batera-lhe de frente e esfumara com dor o seu tão arreigado otimismo. «Otimismo informado», como ela, em mais de uma vez, fizera questão de realçar.

— Viver — murmurou Genciana — é isto: acreditar, acreditar até perder ou ganhar. Aqui, foi perder.

— Sim, a situação está muito complicada — disse ele.

— Será o que Deus quiser... — murmurou ela, como quem remete para o esquecimento, ou para outrem que não eles, um assunto que deixara de ser seu.

Genciana dirigiu-se à cozinha.

— Vou preparar o jantar.

Ele interrompeu-a.

— Dona Genciana, espere, por favor. — E continuou: — Temos de fazer contas.

— Vai-se embora?

— Sim. Não queria, mas já hoje foi difícil passar da zona dos quartéis para o Largo da Sagrada Família. Bloquearam as estradas em frente do Serviço Postal Militar. E tende a piorar.

Não há resposta. Genciana deixou descair a cabeça um instante antes de se ouvir um morteiro rebentando não muito longe. Vai à cozinha, mas volta à sala para dizer:

— Fazemos as contas depois do jantar. Agora, vá tomar o seu banho. Já tem no quarto as toalhas lavadas. O senhor do banco também deve estar a chegar.

Miguel comeu em silêncio. A seguir, meteu as suas coisas em duas malas, pagou o que havia a pagar e esperou pelo *Unimog* que, à hora prevista, veio buscá-lo. Genciana não proferira palavra. Ele também pouco mais disse. À saída, prometeu visitá-la, sem ter a certeza de que o faria. Ela sabia que não. Na hora de saírem, diziam todos mais ou menos o mesmo.

«Era conversa de circunstância», pensou.

Miguel passou a viver no quartel. A entrada em cena de novas armas pesadas e a ferocidade dos combates a que assistiu a seguir, disseram-lhe que, entre o MPLA e a FNLA, apenas um deles permaneceria em Luanda. Era a batalha final pelo controlo militar da cidade e dos seus subúrbios. E não haveria misericórdia. A UNITA, sem armamento comparável ao dos outros beligerantes, já não contava. Tinha sido obrigada a retirar-se.

Os dias seguintes encheram-se de repetidos bombardeamentos e rajadas de metralhadoras. Os mortos acumulavam-se na terra batida das ruas e nos terrenos desocupados dos bairros suburbanos. Generalizava-se o medo. Famílias inteiras — brancas na sua maioria, mas também negras e mestiças —, com as crianças ao colo e amparando os seus velhos, tentavam desesperadamente chegar ao aeroporto para embarcar num avião que as tirasse dali. Nesta espera juntavam-se também os que chegavam de outras regiões da imensa Angola, muitas vezes após longas viagens atribuladas, em trajetos plantados de perigos visíveis ou ocultos e de incertezas.

Numa manhã em que ainda se ouviam muitos tiros e bombardeamentos, a coluna de Miguel patrulhava a parte alta da cidade e passou junto ao hospital Maria Pia. Ficou paralisado a olhar. Nunca imaginara, sequer, o que via à sua frente: nos espaços relvados à volta da casa mortuária jaziam dezenas de cadáveres amontoados. Não cabiam mais corpos dentro do edifício e tinham-nos despejado no exterior. Viu cães e ratos por cima deles.

Durante anos não existiria um dia em que não recordasse este quadro da mais profunda e desgraçada inumanidade. Por aqueles dias, a vida humana não valia nada. Absolutamente nada.

Quando, finda a ronda, o capitão lhe pediu o ponto de situação, Miguel começou por dizer:

— Há centenas de mortos por esses musseques dentro, e a casa mortuária do Maria Pia não chegou para tantos corpos. Passaram a empilhar os cadáveres no terreno em volta. É um cenário infernal.

— Imagino — respondeu o outro.

— Desculpe, meu capitão, mas não pode imaginar. Ninguém imagina uma coisa daquelas. — Miguel acrescentou: — Mas se não enterrarem rapidamente esses corpos, vamos ter, em cima de toda esta desgraça, ainda um problema gravíssimo de saúde.

— Vou reportar ao comando do batalhão.

O capitão ia a voltar as costas, quando perguntou:

— E o resto?

— O resto?

— Sim, como está o nosso pessoal?

— Há muito que os homens perceberam que este desmanchar de feira já não tem rei nem roque. A cidade está em pânico. Nos musseques é cada vez mais difícil entrar, e mesmo o objetivo de evitar que a violência chegue ao centro da cidade pode estar por um fio. Como sabe, não há nenhuma capacidade de impedir que os fulanos do MPLA e da FNLA se matem uns aos outros, e que, no meio dos combates, levem atrás muita gente indefesa.

— Vou transmitir ao comando que os homens estão esgotados e pedir para sermos substituídos por outra companhia. Informo quando tiver notícias.

— Sabe bem que a melhor notícia que podia trazer-lhes era o anúncio de que regressam brevemente a casa. Já são das companhias mais velhas em Angola.

— Não depende de mim.

— A cabeça deles já não está aqui. Tudo isto lhes é estranho. São hostilizados por todos: angolanos e portugueses. Todos lhes fazem má cara. Às vezes pelas mesmas razões, outras vezes por razões inversas. É cada vez mais difícil motivá-los, e há uns tantos que começam a ficar nervosos, a caminho da indisciplina ou do desvario.

O capitão abanou várias vezes a cabeça e foi-se embora.

Na semana seguinte, contra a expectativa, a missão do seu pelotão foi ampliada: passou a entrar na escala das forças que asseguravam a proteção do aeroporto e da área à sua volta. Em noites consecutivas, a pista tinha sido atingida por vários morteiros e urgia impedir a continuação destes rebentamentos, para que a ponte aérea para Lisboa pudesse prosseguir.

No primeiro dia, Miguel entra no aeroporto e demora-se a encarar o que tem à sua frente. Por todo o lado — no átrio, nas salas, nas escadas, nos recantos, nas varandas, ou onde houvesse um lugar — apinhava-se uma multidão que se movia à medida que ia ocupando os espaços deixados vagos por quem era chamado para as operações de embarque. Num cenário caótico, centenas de pessoas deitadas no chão, sentadas ou em pé, aguardavam a sua vez.

Naquela cornucópia de vestes — balalaicas, vestidos largos, vestidos justos, minissaias, fatos, calças à boca de sino, chapéus, bonés, boinas... — era possível distinguir entre quem era da cidade e quem chegava do interior. No meio de duas famílias vestidas com roupas frescas e modernas, um homem velho, de fato, colete e gravata — pelo corte, estreados muitos anos antes e agora retirados da arca de cânfora —, está sentado no chão, e, de costas encostadas à parede, vai dizendo para si próprio palavras que ninguém entende. Ao lado, uma mulher, tão velha quanto ele, encosta a cabeça a uma mochila e dormita.

Miguel mantém-se mais uns instantes a olhar. Tudo em redor conta o capítulo final de um império varrido pelos ventos frios da História. Uma história longa, sofrida, desigual, que fala agora de espanto, desânimo e raiva.

Uma mala de cartão deitada no chão serve de berço a um recém-nascido que, indiferente ao barulho, dorme profundamente. Uma mãe ameaça dar um bofetão a um miúdo que se quer sentar num pedaço de chão que parece não ter visto água há muito tempo. Um homem a quem tinham acabado de chamar para embarcar põe um sobretudo pelos ombros — «Roupa que vai no corpo não pesa na mala, e os invernos na metrópole são terríveis.» Uma mulher de meia-idade ziguezagueia naquela confusão, para lá e para cá, vezes sem conta e sem se dirigir a qualquer local concreto. Tudo, enquanto uma jovem empurra ligeiramente os sacos pousados ao lado e cria um estreito espaço onde estende um pano e coloca o seu bebé. Vai cantando baixinho uma canção de embalar, e a criança ri e esperneia, enquanto ela lhe muda a fralda.

Com frequência, nascem protestos no meio da longa espera. Protestos que logo recolhem adesões. Protesta-se contra a falta de informação, a falta de condições, ou contra as limitações de peso para as bagagens, mas essas são queixas menores. Protesta-se mais contra o processo de descolonização — ou, verdade seja dita, eufemismos à parte, é contra o «largar» de Angola que se protesta, ponto final parágrafo.

Miguel começou a passar por entre as pessoas. A meio, ainda hesita, mas achariam que fora por medo que voltara para trás, e foi até ao fim daquela massa de gente. Sentiu-lhes o olhar, quando o olhavam de frente, e também na nuca, depois de passar. Olhares que falavam como livros abertos, mas não eram iguais. Uns — certamente os mais sofridos — eram olhares vindos do completo abandono e indiferença que só o extremo desalento traz. Outros — a maioria — eram de ódio, que na ausência dos responsáveis pela tempestade que os varria se dirigiam a si, encarnando a traição às promessas de um «Portugal multicontinental», ou, mais prosaicamente, como anónimo mandatário dos causadores da destruição da vida melhor que deixavam para trás. Finalmente, de uns poucos, recebeu o olhar de quem via nele a simples emanação da única possibilidade de saírem daquele apocalipse.

Numa coisa tinha esta gente mais sorte do que ele: iam-se embora, e ele ficava ainda metido naquele imprevisível barril de pólvora. Não havia meio de fechar este parêntesis que lhe entravara a vida. Veio-lhe à ideia o que, quatro anos antes, lhe dissera o diretor de uma empresa de Lisboa, numa entrevista de emprego: «Era mesmo de alguém como você que nós precisávamos, mas não o podemos contratar. Formar um profissional para este cargo leva muitos meses e, quando você estivesse preparado a cem por cento, ia para a tropa durante três anos e meio, e ficávamos outra vez sem ninguém. Volte cá quando tiver o serviço militar cumprido e ver-se-á o que se pode arranjar.»

Num outro dia de serviço à segurança do aeroporto, um homem de cabelo ruivo, sentado num degrau da escada de acesso à varanda do aeroporto, olhou-o por instantes. Miguel lembrava-se bem dele, e teve a certeza de que também o outro o reconhecera, mas nenhum exteriorizou qualquer anúncio disso. Por razões diferentes, ambos estavam perdedores: um deixava para trás uma vida que não queria deixar; o outro queria deixar para trás aquela vida e não o deixavam. O ruivo fazia parte de um grupo que também frequentava a esplanada da pastelaria Roma, numa esquina do Largo das Ingombotas.

Terminando com um certo *suspense*, Portugal, pela voz de António de Spínola, reconhecera o direito das antigas províncias ultramarinas à autodeterminação, mas não era evidente o que isso significava, e ainda menos como se concretizaria.

Circulavam rápidas as notícias dos primeiros tumultos, assaltos e agressões, que o recolher obrigatório às vezes decretado não resolvia. As famílias brancas iam ficando inseguras e vinham à tona rumores da intenção de pegarem em armas para, replicando o exemplo da Rodésia de Ian Smith, de 1965, tomarem conta da situação militar e declararem unilateralmente a independência, ainda que enfrentando a tropa portuguesa.

Naquela tarde, nas vésperas do Natal de 1974, o grupo estava particularmente crispado. Miguel sentara-se do outro lado da esplanada, mas percebeu que a conversa era propositadamente gritada para que ele a ouvisse.

— Não precisamos dessa merda da tropa para nada. Resolvemos nós o problema! — dizia um.

— Que desapareçam de vez. Voltem lá para a piolheira das berças. Só vêm cá para estragar — complementava outro.

E ainda outro:

— E para mamarem as chorudas comissões de serviço!

— Não pensem que vamos deixar que roubem tudo o que construímos! — gritou ainda uma senhora de idade, extraordinariamente alterada, nuns modos que não casavam com a sua aparência nem com a idade que já acumulara.

Ele ouviu sem surpresa. Pagou, desceu as escadas para a rua e foi jantar. Já conhecia aquela conversa: era a dúvida e, já ali, o musgo do medo a espalhar-se. E, por aquilo que ia vendo, infelizmente justificado. Era o chão a faltar.

No domingo anterior, Miguel almoçara em casa de um casal amigo e o tema de conversa tinha sido o mesmo. Havia vários convidados e quiseram conhecer também a sua opinião.

— Não creio que os brancos peguem em armas para declarar a independência. Compreendo a apreensão e o desespero, mas parece-me ser só isso: desespero perante a incerteza.

— Acha? — perguntara um cirurgião que estava de passagem, dirigindo um curso na faculdade de medicina da cidade.

— E desesperadas, as pessoas podem fazer muita coisa... — reforçara a esposa.

— Pode sempre acontecer qualquer coisa, mas se fosse para ficarem cá não estariam a entrar no porto tantos caixotes com destino à metrópole. E não estamos em 1961. — respondera Miguel.

Em finais de agosto de 1975, chegou a informação de que a sua companhia regressaria a Portugal na semana seguinte, e aquele era o último patrulhamento que faziam. O trânsito na cidade diminuíra muito, e os táxis em circulação tinham desaparecido. Ali, às vistas do seu bem conhecido *cine-dancing* Tropical, na pequena subida antes do cruzamento da rua Silva Porto com a rua Brito Godins, estava parado um carro — já devedor de alguns anos à sucata — envolto numa nuvem de fumo branco que saía do capô. O condutor, de ombros caídos, olhava desolado para o veículo. No interior, estavam três meninas, — uma ainda de colo — e uma senhora grávida. Tinham atado algumas malas ao tejadilho.

Miguel adivinhou para onde iam, mas perguntou:

— Para onde vão?

— Para o aeroporto. Embarcamos hoje. — O homem fez uma pausa e acrescentou: — Se chegarmos a horas.

Miguel saltou do *Unimog*.

— Venham connosco! — gritou, enquanto começava a desapertar as cordas que prendiam as malas.

E voltando-se para os soldados:

— Arranjem espaço para este pessoal. Metam as malas por baixo do banco da viatura.

Ao retomar o lugar junto do condutor, este murmurou:

— Se a Polícia Militar nos vê, levamos uma talhada das grandes. Eu não quero levar uma porrada no fim da comissão e ficar cá mais umas semanas.

— Descansa que não levas — respondeu Miguel.

Pôs-se de pé, voltou-se para a parte de trás do *Unimog* e falou alto para todos ouvirem:

— Se houver algum problema, dizem que fui eu quem obrigou o nosso condutor a parar e a levar estas pessoas.

Quando chegaram ao aeroporto, o homem agradeceu. Tinha os olhos a transbordar das lágrimas que dificilmente continha. Quis alinhar agradecimentos, mas a genuína comoção fê-lo tropeçar nas palavras.

Para ultrapassar o momento, Miguel pôs-lhe a mão no ombro e perguntou:

— De onde vêm?

— Chegámos há dias de perto de Malange e ficámos numa pensão enquanto tratava da viagem.

Despediram-se com um enérgico aperto de mãos.

— Boa viagem e boa sorte!

— Agradeço-lhe muito. Sem você, seria complicado chegar ao aeroporto. Boa sorte para si também. Que Deus o acompanhe.

Ainda ficou a vê-los entrando no terminal, quase numa fila indiana perfeita, carregando a bagagem. A filha mais crescidinha — talvez seis ou sete anos... — entortava o tronco para o lado contrário e lá equilibrava um saco que pesava como gente grande e lhe ia batendo nos joelhos.

VII

CARLOS E ALICE

Tinham-se apresentado à saída de mais um dia do seminário de quadros da empresa de seguros onde trabalhavam.

— Carlos Leiria, dos serviços jurídicos.

— Alice Simões, médica dos riscos em saúde.

E fora, para ambos, um agrado à primeira vista.

Agora, naquele fim de tarde primaveril que, de tão morno, mais parecia de verão, desciam calmamente a avenida a pé. Conversavam descontraidamente. Na espraiada conversa, ambos intuíam, passo a passo, particularidades do interlocutor e concediam algumas de si mesmos — apresentadas, diga-se, da maneira que acreditavam mais conforme ao gosto do outro. Nada que não pertença ao antiquíssimo jogo de conhecimento, agrado e sedução, próprio de um namoro ou de uma conquista.

Carlos, mais extrovertido, verbalizava a descoberta de cada pretensa afinidade entre eles com sonoras expressões de regozijo. E era sincero. Crescia nele o intenso encantamento que começara poucos dias antes. Era notório que já se tinham iniciado os tratos da atração e do amor. Pode até o narrador assegurar que nunca a seta do angelical Cupido se tinha alojado tão dentro do seu, ainda assim, experimentado coração.

Ao sabor aveludado da voz segura de Alice, ele ia somando a admiração pela inteligência prática que se revelava nela em sucessivos pormenores. E completou o buquê do seu contentamento quando nessa tarde concluiu, sem margem para dúvidas, que ela estava sentimentalmente descomprometida. Transeunte que olhasse o par com atenção perceberia nele uma felicidade que ia além da natural vaidade de quem caminha ao lado de uma mulher tão indiscutivelmente elegante.

Já na praça onde desembocava a avenida, no local onde no inverno vendiam castanhas assadas, havia um carrinho que agora vendia violetas selvagens a par com outras flores campestres e com mais algumas que o não eram. Repentinamente, Carlos Leiria adianta-se, diverge da direção que traziam e, em meia dúzia de passos rápidos, dirige-se à vendedora. Fala com ela. Leva a mão ao bolso e constata que não tem moedas. E também não pode pagar com a nota que agora apresenta porque a vendedora não tem troco. Alice ficara para trás. Carlos voltou a ela e pediu-lhe as duas moedas que custavam o ramo de violetas. Alice, ainda estupefacta com a sucessão de atos inesperados, deu-lhas sem perguntar. Ele voltou com as flores e ofereceu-lhas. Ela prolongou o olhar sobre o raminho que tinha agora na mão e, quando levantou os olhos procurando os de Carlos, já estavam húmidos e sorriam.

Por detrás dos prédios, não muito altos, que circundavam a praça, o sol declinava mansamente.

Carlos convidou-a para um pequeno lanche, mas ela desculpou-se. Invocou a entrega de um móvel de sala que encomendara. Talvez não mentisse, talvez também lamentasse a sobreposição...

Como um bom presságio, os dias corriam leves e felizes. Foi o caminho da contínua descoberta, palmo a palmo, antes, durante e após as reuniões, num crescendo de mágico enlevo, como nunca lhes sucedera.

Ambos tinham tido anteriores relacionamentos amorosos, de que parecia não terem sobrado grandes lembranças além de um certo conhecimento da dor e do calejamento que os fracassos também trazem pela arreata. E se antes ainda bruxuleava alguma chama de anteriores paixões, parecia agora ter-se apagado completamente.

É assim, não têm culpa os apaixonados: é da sua condição livrarem-se das cinzas do que existiu, para dar todo o espaço ao arrebatamento que chega e cresce. Resta-lhes arrumar o passado no armário das coisas transitadas em julgado. E dando-se o caso de, na circunstância, ainda permanecer o despeito, é fechar tudo na gaveta destinada ao tempo perdido e às outras inutilidades. Sítio onde se depositará por cima uma camada ainda mais densa de pó.

Nessa sexta-feira, Carlos repetiu o convite, desta vez para jantar. O olhar de Alice alegra-se, foge até ao chão como quem se rende, e dois segundos depois regressa para aceitar. Jantaram juntos, e juntos continuaram numa pacata esplanada à beira-rio. Aí trocaram as primeiras indubitáveis carícias. A seguir, levou-a a casa e, cantando hinos ao amor, iniciaram nessa noite um ritual que continuou por muitos anos: ainda antes de a porta se fechar, já os corpos e os lábios de cada um se fundiam com os do outro. Só depois dos primeiros e ávidos abraços e beijos rodaram a chave na fechadura.

Nunca se esqueceram daquele primeiro dia. Amaram-se infinitamente. Quando, a meio da tarde de sábado, saíram para tomar a primeira refeição do dia, estavam esgotados, exaustos, e, sem que o racionalizassem, anestesiados de felicidade. Levitavam, também do esforço e do jejum, quando passaram a rua para se sentarem à mesa do café-restaurante mais próximo.

A sala estava vazia e não havia nela nada de especial — cadeiras revestidas a fórmica, toalhas e guardanapos de papel sobre as mesas, ementa escrita à mão e enfiada numa mica de plástico —, além da razoável limpeza e da farta luz que entrava pela ampla janela, mas recordaram-na para sempre.

Não obstante ser muito tarde para almoçar e ainda cedo para jantar, o dono recebeu-os com uma simpática vénia e um sorriso.

— Escolham — disse, oferecendo todas as mesas num gesto amplo do braço.

Eles agradeceram a disponibilidade para servir a tais desoras.

Já sentados, Carlos deu conta de que as pernas lhe tremiam descontroladamente e comentou o facto. Alice sorriu numa expressão travessa e falou em «hipoglicémia». Palavra que ele não conhecia e que, por graça, passou a usar entre eles, como mais um selo distintivo comemorando a sua felicidade. Esfomeados, comeram todas as entradas disponíveis — pão, manteiga, azeitonas e rissóis —, até que chegou um frango acabado de sair do assador elétrico semelhante a um aquário vertical, onde rodara durante exasperantes minutos. Vinha acompanhado de uma generosa quantidade de batatas fritas e salada de tomate. Não sobrou nada.

Revigorados, regressaram a casa e continuaram em toda a sua inteireza, bebendo os murmúrios, as carícias, o lento abrir do conhecimento...

Nunca esmoreceu a chama do amor. Continuaram abraçando-se, recordando e repetindo os nomes carinhosos inventados em horas e horas de paixão. A pele de um continuava na do outro. Nenhuma fronteira, nenhum poro estranho... e as mãos deslizavam suaves ao longo dos corpos, como se procurassem alimentar-se da sua textura. Como se, só daquela fonte, até então desconhecida, pudessem saciar uma sede muito antiga e aparentemente interminável.

Amavam-se gloriosamente toda a noite. A cada carícia respondiam com novas seduções, entregando-se, agradecidos, num crescendo de deslumbramento e sensualidade. E havia em cada palavra uma esplêndida ressonância da verdade.

A manhã surpreendia-os entrelaçados, nus e puros, limpos de tudo o que fosse medo, reserva ou falsidade. Acordavam sorrindo em lentos despertares de gratidão à vida, ainda abraçados com a mesma firmeza com que tinham adormecido. Amavam-se mesmo durante o sono.

— Sabia que ia ser assim — disse Carlos, como se falasse apenas para si mesmo.

— Assim, como? — perguntou Alice.

— Sabia que havia de encontrar um grande amor, e que seria assim.

— Sabias?

Carlos fitou um qualquer ponto no infinito e respondeu:

— Sim, um amor assim, absoluto, no espírito e no corpo. — Prosseguiu, voltando-se para ela. — Assim, recebendo alegremente cada dia como uma dádiva. Assim, agradecido como desde que te conheci.

— E sabias mesmo que ia ser assim?

— Sim, como se numa espécie de prognose boa, ou numa reminiscência vinda não sei de onde, soubesse que estava à minha espera um tempo como este.

Alice olhava extasiada para ele.

— Tiveste muita sorte em ter essa esperança. E assim tão forte.

— Era mais do que uma esperança — precisou Carlos. — Eu tinha a certeza. Até esta plenitude, esta paz... Eu já sabia que teria este sabor. Moravam na minha memória ou num lugar parecido, mas não me perguntes como.

Calou-se por instantes, até olhar para ela e perguntar, interrompendo o silêncio que os envolvera:

— E tu?

— Eu? Eu já desistira de procurar. Concluíra que o amor de que toda a gente fala, a começar por esses lunáticos desmiolados dos romancistas e dos poetas, não existia. Era um ludibrioso engodo, uma enganadora utopia construída para, por momentos, tornar menos desgraçada a vida de cada um. Uma mentira para que continuemos.

— Parece terrível, esse sentimento — comentou Carlos.

— Sim, já não tinha a ilusão de vir a sentir algo assim, tão completo. O amor só pode ser o que sinto agora. Partilhar com alguém esta paixão simultaneamente serena e intensa, sem medos nem defesas. Sendo apenas como sou, com toda a naturalidade.

Fez uma pausa, voltou-se para ele e continuou:

— Estar com alguém que não quero deixar de tocar, de abraçar, de puxar para mim. Alguém como tu.

Sorriu e voltou a aninhar-se nos seus braços.

Não demoraram a retomar o tema. Ela abrira uma exceção à habitual reserva sobre o passado e recomeçou a conversa que deixara para trás.

— Agora parece um disparate, mas cheguei a achar que, para não sofrer, o melhor era ligar-me a alguém que eu não amasse. — Hesita e corrige-se: — Ou que não amasse muito.

— E o que é isso de não amar muito?

Alice percorreu-lhe os lábios com o dedo e respondeu compassadamente.

— Pois, não sei bem. Não é coisa que consiga quantificar.

Ainda assim, cala-se como quem procura a resposta certa, e responde.

— Será próximo daquela cautela, um pouco cínica, de que se correr mal não ficaremos muito maltratados.

— Percebo. Expectativas baixas...

— Ou não muito altas. Tinha entrado de cabeça numa relação que acreditei ser perfeita, e foi o que fiz de mal.

Também Carlos sabia do que ela falava. Também a ele acontecera o que era mais natural: ir sem defesas atrás do encantamento e falhar rotundamente, sobrando no final o costumeiro rosário de feridas e culpas em carne viva.

Ainda assim, sorriu provocador.

— E mudaste de opinião, ou ainda sou o tal mínimo cautelar?

— Doido! Não me desiludas, porque não sobreviverei.

Decidiram passar férias juntos e Alice achou que estava na hora de apresentar Carlos ao pai. Telefonou, comunicando-lhe que gostava que conhecesse o namorado.

— Venham. Sabes que gosto de conhecer os teus amigos, namorados ou não — e ela sentiu-lhe na voz um remoque em forma de gracejo.

— Pai, não te queixes. Tu sempre conheceste os meus namorados, e, como sabes, foram poucos — ripostou ela.

Marcaram o dia da visita.

Visita que vale a pena descrever. Embora apenas a parte final da mesma seja essencial para o andamento da história, o narrador opta por representar esse momento, tantas vezes pícaro e não raras vezes constrangedor para todos os intervenientes. Evento que, ao longo das épocas, conhecemos, primeiro, como «pedir a mão»; depois, como pedido de autorização para namorar; e agora, como apresentação aos progenitores.

Logo que o pai lhes abriu a porta, Alice fez as apresentações e os homens cumprimentaram-se.

— Carlos Leiria. Muito gosto — disse o jovem.

— Igualmente. Miguel Simões — respondeu o anfitrião, olhando Carlos bem de frente.

Miguel encaminhou-os para a sala. Pela decoração, Carlos tentou perceber que tipo de pessoa tinha em frente. Apesar de viver sozinho — Alice dissera-lhe —, a casa tinha um ar arrumado. Nas paredes, as gravuras emolduradas preenchiam todo o espaço, e nas estantes de mobiliário antigo, de parede a parede, estavam arrumados os muitos livros que nelas cabiam. Alguns que restavam distribuíam-se pelas várias mesinhas existentes na ampla divisão. A televisão era antiga, de tamanho reduzido, e estava apagada.

O anfitrião deu a palavra a Carlos. Este decorara o discurso e disse o que era esperado dizer. Miguel comentaria mais tarde que o *speech*, além de ter sido bem decorado, tivera a virtude de ser breve.

De seguida, Miguel Simões recostou-se no cadeirão e passou secamente à réplica:

— É normal que um pai diga o que lhe vou dizer, mas mesmo assim eu digo, para que não restem dúvidas. Tenha sempre presente que a Alice é o bem mais precioso que tenho e tudo farei para que não a magoem. Quem o fizer, terá de se haver comigo.

E rematou:

— Note, também, que se desejo que tudo corra bem entre vós, é unicamente a pensar nela que o desejo.

Carlos não esperava aquele tom. Engoliu em seco e, atrapalhado, não conseguiu aclarar a voz. Só disse baixinho:

— Eu gosto muito da Alice. Nunca a magoarei.

Perante a cena, Alice escondia com as mãos um sorriso divertido que teimava em marcar-se nos lábios. Conhecia muito bem o pai e sabia que a prédica acabava ali. E assim foi.

No final, Miguel perguntou se queriam tomar alguma coisa. Carlos rejeitou delicadamente.

Quando, a certa altura, o pai quis saber onde iam passar as férias, Alice respondeu:

— Passaremos por casa dos pais do Carlos e seguiremos para o Gerês e para a Galiza.

— E onde moram os pais?

O jovem responde à pergunta e Miguel fica a olhá-lo. Sorri ligeiramente.

— Curioso. O meu pai, já divorciado da minha mãe, namorou uma senhora dessa cidade. Facto de que só soubemos depois de ele falecer.

— Nunca me falaste disso — interpôs Alice.

Miguel virou-se para a filha e encolheu os ombros como quem desvaloriza a omissão.

— Nunca veio a propósito.

Carlos ficou curioso e não perdeu a oportunidade de reentrar na conversa.

— E sabe o nome da senhora?

— Sim, sim, acho que consigo lembrar-me, mas posso confirmar. Encontrámos algumas cartas. Ela talvez ainda seja viva, porque era bastante mais nova do que ele. Percebi que trabalhava na estação dos correios.

Levantou-se e regressou à sala com alguns envelopes na mão.

— Guardei-as — disse, enquanto abria uma das cartas. — Chamava-se... ou chama-se Graça, Maria da Graça.

O outro estremeceu na cadeira e não conseguiu evitar uma interjeição de espanto.

— Oh! Não posso acreditar! Desculpe, mas a Gracinha nunca namorou ninguém.

— Conhece-a? — reagiu Miguel.

Carlos já se arrependera da exclamação.

— Bem, conheço a Gracinha, que é uma grande amiga da família. Mas, sem querer pôr em causa o que o senhor disse, pode ser que a autora das cartas seja outra pessoa, ou seja um nome inventado.

— Pois bem, meu caro Carlos — Miguel fez uma pausa —, tudo visto, julgo que são grandes as possibilidades de ser a mesma senhora. Não haverá muita gente nessas condições.

— Vou falar com os meus pais e verei se é quem conhecemos.

— Só por curiosidade, como está a senhora a que chama Gracinha?

— Está bem, para a idade que tem, claro. Velhinha, mas autónoma e lúcida.

Alice tinha ficado sem palavras. Passada a surpresa, disse para si mesma:

— Há coincidências incríveis. Como a vida se ri de nós...

Sobre Maria da Graça, quer dizer, Gracinha, ficaram os três a matutar, mas não disseram mais nada. E nada mais tinham para dizer. Pelo menos, por agora.

De entre as pessoas a quem Maria da Graça se mantivera ligada quando já restavam poucos sinais do viço da juventude, estava em primeiro lugar a família Leiria. Visitavam-na e havia entre eles uma sincera amizade, além de uma mútua e nunca esquecida gratidão.

Tinha sido catequista, conselheira e amiga dos pais, e tinha pelo filho Carlos um carinho como se fosse do seu sangue. Rejubilava com os seus sucessos profissionais e enaltecia-o junto de terceiros com um orgulho maternal. Eles, por seu lado, tratavam-na como a um familiar chegado.

Graça fora sempre, podia dizer-se, uma mulher saudável. Nunca tivera doença que fosse grave, mas, como é da natureza das coisas, envelheceu. E a velhice foi cobrando o seu preço, subtraindo as faculdades e somando os penares. Os Leiria nunca deixaram de a acompanhar sobriamente, mas, nos momentos mais difíceis que foram aparecendo, reforçaram a presença e os cuidados sem serem intrusivos para lá do necessário. Cuidavam com naturalidade e com leveza.

Carlos não está à vontade quando telefona a Maria da Graça. O assunto tem o seu melindre, e não é tão pouco assim. Sabe, contudo, que Alice está entusiasmada e não deixará de o pressionar até ele obter a resposta. Achara muita graça a essa gaveta fechada da vida do avô e incitava-o a agir rapidamente, mas ele receia ferir a sensibilidade da idosa.

E se não era ela a autora das cartas? E, ainda que fosse, com que direito a ia confrontar com algo que ela quisera manter guardado? Ainda hesita, mas o assunto pode revelar uma coincidência de tal modo surpreendente, que, também ele, não resiste a ir até ao fim.

Maria da Graça atende. Após os preambulares, ele perguntou:

— Gracinha, conheceu um engenheiro dos correios chamado Rui Simões?

Ela não responde logo.

— Carlos, o que se passa? Porque me fazes essa pergunta?

Na cabeça de Carlos confirmava-se a antecipada dificuldade da tarefa.

— Conheci o filho, que me disse que ele passava frequentemente pela nossa estação dos correios.

— Passou por cá tanta gente, mas talvez... Esse nome diz-me alguma coisa.

— Bem, se já não se lembra bem dele, quer dizer que não conviveram. — Carlos achou logo patética a escolha do verbo usado, mas o mal já estava feito.

Graça anteviu imediatamente onde a conversa ia desaguar e reagiu com uma energia desmesurada.

— Que ideia a tua, Carlos, nem convívios, nem meios convívios. Eu nunca tive namorados! Nunca precisei que me aquecessem os pés! E não me arrependo. Quanto mais fui vendo naquilo em que se tornaram os que me bateram à porta, mais convencida fiquei de como fiz bem em pô-los ao caminho. Não passavam de uns gabarolas, uns inúteis...

Maria da Graça exagerava. Não eram todos assim, mas compreende-se que quisesse carregar nas tintas. Recuperou o fôlego e continuou.

— Mas repito, o que é que te deu para me vires com essas perguntas?

— Desculpe — balbuciou. — É que o filho do tal engenheiro Rui Simões é o pai da minha namorada. Foi ele que pôs a hipótese de...

Ela interrompeu.

— Esse assunto não tem mais conversa — disse, definitiva, mas sem esquecer a deixa que lhe permitia falar do que passou a interessar-lhe.

Ainda ele não recuperara do embate, quando ela interpelou:

— Tens então uma nova namorada! Espero que quando a vieres apresentar aos teus pais, passes também por aqui.

— Sim, claro — disse o aliviado jovem, já com a missão cumprida.

Verdade se diga que, à partida, esta curiosidade de Graça não seria nada expectável. Ela não mostrara nenhum interesse em saber como era qualquer uma das suas anteriores namoradas. Era patente a diferença de atitude. Passada a tensão do telefonema, crescia em Carlos o pressentimento de que a amiga idosa lhe escondera a verdade. Parecia ter sido atraiçoada pela vontade de conhecer a neta de Rui Simões.

No fim de semana aprazado Carlos e Alice ficaram em casa dos pais dele. No sábado, foram lanchar a casa de Graça. Nem uma palavra sobre o engenheiro. A conversa fluiu sempre à volta das recordações juvenis de Carlos — Carlitos ao tempo —, e ficaram até tarde. A beleza e aquele ar ternurento de Alice avivaram-lhe as recordações dos momentos passados com Rui. E convenceram-na. Quando se despediram, Graça já sabia o que faria a seguir.

Logo na manhã de domingo telefonou a Carlos. Começou por felicitá-lo pelos predicados de Alice e, perante a surpresa deste, confirmou que tinha namorado com o engenheiro Rui Simões até ao seu falecimento.

A ele surpreendeu-lhe menos a revelação — que já admitia — do que o modo descontraído com que ela agora a desvendava, reconhecendo sem hesitações que mentira antes. Acima de todas as surpresas estava, porém, o facto de terem conseguido esconder de toda a gente aquela relação amorosa.

A intermediação do telefone tornou mais fácil a confidência.

— Nunca casámos porque eu não quis. No princípio custou-me ultrapassar os medos que tinha, mas posso dizer que conheci o amor. Sim, o amor, sem espaventos, ainda que com receios disparatados, mas quem sabe, mais intenso do que outros que se manifestam publicamente.

— E, postos de lado os medos sobre o amor, não conheceu mais ninguém depois dele? — ousou Carlos entusiasmado pela confissão espontânea.

Ela deixou escapar um pequeno riso.

— Não. Como a minha tia também dizia, quem se habitua a champanhe já não quer pirolito.

Assim, Maria da Graça libertou-se do segredo que jurara manter até ao fim. Fê-lo com grande naturalidade e sentiu-se bem. Não se sentiu menos respeitada pelos amigos.

Voltou a ver Miguel e achou-o ainda mais parecido com o pai. Tinha-o visto, anos antes, no funeral de Rui, onde estivera como se fosse apenas mais uma colega da empresa. Agora, falou-lhe muito e bem do progenitor. Mostrou-lhe fotografias de momentos que passaram juntos e havia, ainda, emoção nas suas palavras. Simpatizaram um com o outro, e Miguel telefonava de vez em quando. Por altura do Natal voltou a visitá-la e manteve esse hábito.

Uma vez ela confessou-lhe:

— Sabe, muita gente chora nas cinzas o que não havia no fogo, mas eu não. Eu tive chama até ao fim e nunca chorei sobre as cinzas.

Desapareceram dela os sinais da tensa desconfiança que, num período demasiado longo, lhe enevoara a existência. Ria soltamente e dizia piadas. Convidava, ainda com maior frequência, toda a família Leiria para lanchar em sua casa e adorava que aceitassem. Por si, ficaria horas esquecidas a conversar. E emitia concludentes opiniões, mesmo sobre os temas mais modernos. E veja só, caro leitor, não se inibia de uma ou outra inocente brejeirice.

Já muito debilitada, ainda brincava com os filhos de Carlos e Alice. Uma menina e um menino, em quem também descobriu parecenças com o bisavô. Achava-os a cada dia mais encantadores. Muito do que falava com eles, era com Rui que falava.

VIII
MIRIAM E MIGUEL — 1

Entrou e bateu-lhe em cheio um bafo pestilento a imundice. Na penumbra, Miguel Simões viu um corredor comprido, a toda a largura do prédio com portas de ambos os lados. No chão, um revestimento de quadrados de linóleo, rotos e encardidos, que aparentavam ter sido verdes e nunca lavados. No silêncio, há murmúrios, sussurros abafados e uma porta que range. Os agentes avançam colados à parede e distribuem-se ao longo do corredor.

Quando, ao sinal de arrombar, pontapeou violentamente a primeira porta, ficou com uma parede de breu à sua frente. No mesmo instante, um vulto alto saía correndo na direção da porta e iria abalroá-lo. Instintivamente, a mão que agarrava a pistola cortou a penumbra e, num murro cego de adrenalina, atingiu aquela sombra indistinta um centésimo de segundo antes de esta lhe tocar. Uma ligeira sensação de dor no punho disse-lhe que acertara em cheio! A sombra soltou um grito e, como se dançasse um brevíssimo e patético bailado, cambaleou e caiu de bruços no chão.

Com a luz da lanterna a varrer o escuro e sem tirar os olhos do vulto, Miguel tateou a parede junto à porta, procurando o interruptor. Encontrou-o e o quarto iluminou-se à débil luz de uma lâmpada suspensa de um fio velho e sujo. À sua frente, um cenário repugnante de degradação e nojo. Não havia qualquer mobiliário e as paredes estavam imundas e cheias de inscrições feitas por objetos pontiagudos. Pelo chão espalhavam-se seringas, colheres queimadas, isqueiros de plástico, pedaços nojentos de pano e uma poça de urina. O cheiro era ali ainda mais nauseabundo.

A um canto, uma rapariga sentada no chão. Parecia fitá-lo, mas estava longe dali. Tinha a blusa rasgada e o sutiã puxado para a barriga.

Cresceu em Miguel uma raiva incontrolada. O vulto que quase o atropelara recompunha-se e olhava agora para ele. Era um puto, o sacana! Não tinha vinte anos, mas era enorme. Miguel salta sobre o gigante para o algemar, mas as hérnias da coluna gritam-lhe mais alto do que a sua vontade, e uma dor lancinante ferra-se-lhe nas costas com uma intensidade que ele nunca conhecera antes. Foi como se tivesse batido contra uma parede que o parasse inesperadamente. Ficou paralisado. Mordeu o lábio inferior, encostou-se à ombreira da porta na posição ligeiramente dobrada que a dor lhe impunha e gritou para o exterior:

— Aqui!

Viu o puto tentando freneticamente sacar do bolso o que lhe pareceu ser uma arma e, todo torcido e com um esgar dorido no rosto, Miguel apontou-lhe a pistola à testa.

— Anda, cabrãozinho, dá-me um bom motivo para te meter um tiro nos cornos.

Enquadrara a cabeça do outro na mira quando alguém entrou como um raio e atingiu o rapaz com um violento pontapé na mão. Era Miriam! Com uma agilidade inesperada em alguém tão maciço, ela caiu imediatamente em cima do calmeirão, imobilizou-o e algemou-o. Este clamava numa lamúria de gritos enquanto dois agentes o arrastavam para a saída.

— Eu não fiz nada! O que é que eu fiz?!

O rapaz tentava limpar com a manga do blusão o fio de sangue que lhe escorria da boca, quando olhou incrédulo a mão para onde acabara de cuspir um dente ensanguentado.

E acrescentou a chorar, gritando:

— Quero telefonar ao meu pai.

— Já telefonas — respondeu-lhe alguém.

Miriam chamou os paramédicos e debruçou-se então sobre Miguel.

— Ias fazendo merda. Porque insistes em entrar nestas cenas com as costas nesse estado?

— O puto parecia que tinha uma pistola no bolso.

— Parecia, mas não era bem uma pistola. — Mostrou-lhe uma navalha de ponta e mola. — E se tivesse tinhas passado mal.

— Vou é meter os papéis para a reforma — disse ele.

— Sim? E que tal tratar dessas hérnias? — E exclamou: — Ganha juízo!

Ele não conseguiu encontrar uma posição que amenizasse a dor que o tolhia da cabeça aos pés e que latejava até ao fundo das suas entranhas ao simples movimento da respiração. Ainda assim, respondeu-lhe, baixinho, da maneira mais espirituosa que conseguiu:

— Minha gordinha linda, quando me conseguir dobrar, beijo o chão que pisas e peço-te em casamento, de papel passado.

Miriam riu-se:

— Afinal não estás assim tão mal!

Alheia a tudo, a rapariga continuava sentada no mesmo sítio e pusera a cabeça entre os joelhos. Começara a chorar e balbuciava palavras no meio de uma ladainha arrastada de gemidos. Pouco mais que sons sem nexo. Miriam fez-lhe perguntas, mas não obteve qualquer resposta e entregou-a a um agente. A miúda não esboçou um gesto em que se vislumbrasse uma centelha de vontade própria. Miguel olhou-a quando passavam por ele: no meio do rosto borbulhento, um olhar vazio. Estava completamente pedrada. Aparentava dezasseis ou dezassete anos.

Como se tivesse uma faca enfiada nas costas e toda a existência fosse apenas aquela lancinante agonia, Miguel não conseguiu, sequer, rastejar para fora do quarto imundo. Encostou-se à ombreira da porta, sentiu na calva o friso da madeira e tentou diminuir o suplício serenando a respiração: «Devagar, companheiro, devagar...».

Ia ouvindo as vozes de Miriam e dos outros operacionais e percebeu que a operação estava a terminar. Soprou um gemido e esperou pelos paramédicos. Quando chegaram, antecipou as novas guinadas de dor que acompanhariam a sua colocação na maca e tentou descontrair-se. Perante a hesitação sobre a melhor maneira de o agarrarem, intrometeu-se na escolha e disse ironicamente:

— Icem-me pelos tomates!

Por momentos, ficou contente consigo mesmo.

«Ainda brincava. Não era um farrapo nas mãos do sofrimento», pensou.

Já deitado na maca, viu passar os agentes com mais três detidos: dois jovens e um velho de cabeleira completamente grisalha. Miriam era a última a abandonar o local e passou junto dele. Ele tocou-lhe o braço e puxou-a para lhe dizer ao ouvido:

— Está na hora de ir para casa. — E completou: — Definitivamente.

— Isso passa-te — repreendeu Miriam.

Quando ela já se afastava, disse-lhe em voz alta:

— Obrigado, *Miri.* És o meu anjo.

— Eu sei!

Miriam ainda gritou, enquanto se dirigia para a viatura que os viera recolher:

— Mas não abuses!

Miriam, a sua *Miri*...

Tinha passado por outros departamentos até requerer a integração na unidade chefiada por Miguel. Fora ele quem recebera o pedido, analisara o processo e a entrevistara. Comunicou superiormente o parecer favorável, a pretensão foi deferida e a transferência consumou-se.

Estava convencido de que ela, com a experiência de investigação criminal que tinha, aliada ao espírito colaborativo que as informações recolhidas atestavam e a entrevista confirmara, seria uma boa aquisição. Não precisou de esperar muito para o comprovar.

Pareciam raciocinar do mesmo modo. Às vezes, Miguel surpreendia-se a olhá-la e a inquirir-se sobre se não a conhecera antes do ingresso na polícia, mas da breve troca de palavras sobre isso não resultara qualquer hipótese de contacto anterior. Ao fim de poucos meses, mas muitas horas de trabalho em conjunto, inventou aquele diminutivo, de que ela não desgostou. Era, contudo, uma coisa só deles, e Miguel não o usava perante terceiros.

De estatura mediana, Miriam tinha um andar vigoroso, talvez excessivo para mulher. O peito que, apesar de farto, sobressaía ainda firme, reforçava o dinamismo que emanava da sua figura. Transmontana da raia com Espanha, os primeiros sinais de rugas na cara, que a pouca maquilhagem deixava ver, pareciam falar de uma adolescência sujeita ao arbítrio do sol e do frio.

Se o assunto lhe trazia desconfiança ou desagrado, franzia — não sem graça — excessivamente o sobrolho. Corava amiúde, e a cor rosada daquelas manchas no rosto repetiam-se no peito tanto quanto o pequeno decote deixava ver. Nos dias quentes, apareciam-lhe por cima do lábio superior — o mais carnudo e bem desenhado — umas quase impercetíveis gotículas de suor. No mesmo sítio aflorava também, de vez em quando, uma ténue memória de buço, como um legado das anteriores mulheres da sua linhagem, que ela, tenazmente, tentava manter ausente.

Não tinha esse meio-termo que é o sorriso. Passava diretamente da sisudez ao riso franco e despudorado. O mais invulgar da sua expressão, frequentemente granítica, eram, porém, os olhos muito azuis, destacados entre as longas pestanas.

De dentro do seu gabinete, ele habituara-se a vê-la, desde o princípio, no seu cirandar apressado entre divisões. Ainda agora, passados tantos anos, Miriam mantinha a agilidade frenética dos primeiros tempos, não obstante as ancas generosas terem alargado e as coxas terem engordado um pouco desde o já distante dia em que ali se tinha apresentado. Sabia, aliás, que esta tendência a fazia sofrer. Prometera dar combate a tais excedentes e iniciara programas de treinos no ginásio, mas desistira sempre antes de aparecerem resultados concludentes.

Não casara, não tinha filhos e vivia sozinha. Tinha tido vários namorados, mas nenhum de longo prazo. E de todos fazia um balanço medíocre. Irónica, gostava de realçar, numa certa gabarolice magoada, o facto de nunca ter partilhado com ninguém o seu «minimalista, mas icónico e bem decorado apartamento», durante mais do que «o período experimental de seis meses».

Quando o último dos namorados desapareceu, ficou claro para Miguel que ela tinha ficado de rastos. O fujão esfumara-se sem dizer nada. Fora atrás de uma australiana que se zangara com o marido quando estavam de férias em Portugal, e zarpou de fininho. Mais do que das outras vezes, o distrate deixara profundas marcas naquela vontade, aparentemente tão resistente às contrariedades. Meses depois, a dolorosa ferida do fracasso e da desilusão permanecia aberta. Percebia-se que nunca a mágoa lhe demorara tanto a ceder às premências e à embriaguez do quotidiano.

Miguel recordava o momento em que lhe parecera que, finalmente, começavam a arredondar-se as arestas cortantes daquele punhal; e ela recomeçava a parecer-se com o que era antes do infeliz desenlace.

Nessa noite calhou acompanhá-la no turno de vigilância a uma casa suspeita. Dentro de um carro, simulavam ser namorados. Sabendo do desgosto que a feria, tentava animá-la e, não lhe tendo ocorrido coisa melhor, usou, por acaso com grande inabilidade, os desgastados conselhos habituais.

— Não te deixes ir abaixo. Sai, convive...

Ela não respondeu logo e só o fez quando ele a olhou fixamente, como quem espera uma resposta ou qualquer coisa parecida com isso: uma interjeição ou simplesmente um trejeito.

— Enganas-te, não preciso de companhia. Não me sinto só.

— Não?

— Não!

E concluiu, num acrescento furioso:

— Sinto-me é estúpida. Um *merdas* daqueles... Eu devia ter percebido que toda aquela fanfarronice escondia um cobardolas nojento. Nem um telefonema, nem uma mensagem, nada! Sou estúpida. É isso que sou.

— Tu não és estúpida. Acontece a toda a gente.

— Não me lixes com essa treta do «toda a gente». Não me interessa o que acontece a «toda a gente». Sei lá quem é «toda a gente»? «Toda a gente» não sou eu. E sou eu quem ficou na merda, não o «toda a gente».

Ele sabia bem que só o passar dos dias ou uma nova paixão — cumulando os dois seria ainda mais eficaz — fariam remeter aquele período de cinzas e lixo para a arrecadação das vicissitudes irrelevantes, ou perto disso. Insistiu:

— Quando menos esperares, aparece-te um gajo, dá-te uma cantada, achas-lhe graça, dás por ti a sorrir por tudo e por nada como uma tolinha. E pronto, já está.

Olhou-o de soslaio.

— «Pronto, já está» o quê?

— Curas essa chaga — disse Miguel, sorrindo. — E, neste caso, não é com o pelo do mesmo cão como se costuma dizer, mas com o de outro da mesma raça. E quando ele aparecer, vais achá-lo diferente e melhor do que todos os anteriores.

— Sabes muito, mas não vejo de onde te venha essa sabedoria — murmurou ela num aparte sarcástico.

Miguel não respondeu logo e recordou como, no passado, também com ele mesmo, fora prolongada e dura a ressaca destes desgostos. Teve pena dela e respondeu compassivo:

— Ouve, não vem de nenhum sítio em especial. Está no livro dos amantes desiludidos. Tu sabes que só o tempo resolve essas dores — e prosseguiu como quem faz um aditamento. — Obviamente que aparecendo outra criatura interessante é mais rápido. Foi apenas isso que quis dizer, percebeste?

Viu paternalismo e superioridade no modo como ele teorizava sobre o tema e cresceu nela a irritação. Insistiu:

— Para quem é um celibatário empedernido, sabes muito de relações amorosas.

Ele não gostou do curso da conversa e quis terminar.

— Não me queixo. — Não resistiu, porém, a dar uma alfinetada. — Não ando é por aí a bater com a cabeça nas paredes.

— Queres dizer que eu ando?

Olhou-a, viu-a fragilizada e moderou-se.

— Não diria isso, mas não és a mesma.

Miriam vislumbrou nas suas palavras o cuidado de não a magoar e calou-se. Encostou a cabeça ao vidro da porta do carro e ficou a olhar fixamente em frente.

A seguir, endireitou-se no banco e falou numa voz que começou contida, mas foi explodindo à medida que desenrolava as mágoas.

— Não me fales mais desse assunto. Nem pelos, nem meios pelos. Não quero mais «cães» desses. E olha que já os apanhei de várias raças. Não estou para aturar mais taralhoucos; nem gelatinosos meninos da mamã tremendo com o que a senhora possa pensar; nem cabrões manhosos querendo viver à minha custa; e muito menos mentecaptos de merda que a única coisa que têm nos cornos é uma ligação à tripinha que se acoita entre as pernas e que de tempos a tempos se agita em tesõesinhas desesperadas.

E, numa espécie de ira cósmica, concluiu:

— Já tenho o cardápio todo, não quero mais! Entendeste?

Miriam fez uma longa pausa, pôs a mão direita a tapar os olhos e alongou os lábios como quem se prepara para rir do que vai dizer.

— Tesõesinhas que, ainda por cima, passavam depressa — concluiu no meio de um riso aberto, seguido de uma gloriosa gargalhada.

— Boa! Com essa energia toda, parece-me que a tua revolta contra o mundo vai desaparecer rapidamente — brincou ele. — E quando o novo consorte aparecer vais achar que é o máximo e nunca conheceste ninguém igual.

Miguel passou-lhe o braço direito em volta. Ela não se opôs.

— Dá cá um abraço. Ao fim e ao cabo, devemos parecer que somos namorados.

Era o princípio do virar de página. Então ela escancarou a porta do desabafo e jorrou. Falou sem parar. Desdobrou um enredo cheio de mágoas, arrependimentos e pormenores, mas banal. Nada o distinguia da maioria, como quase sempre acontece.

No final, estava exausta e prolongou o silêncio, até dizer:

— Sabes, a vida é uma grande merda.

— Pois é — começou ele por concordar, para, num sussurro que mais pareceu um sopro, corrigir. — Ou, pelo menos, muitas vezes.

— Porque esperamos demasiado dela — acrescentou Miriam.

— Achas?

— Sim. E sem nada que o justifique — concluiu, com uma voz que aparentou saber do que falava.

Ainda Miguel e Miriam sabiam pouco um do outro e já havia entre eles uma relação profissional descontraída e eficiente. Em seguida, juntaram-lhe a franqueza da lealdade. Não demorou muito até Miguel ter nela o seu apoio mais firme, e Miriam era, cada vez mais, a sua primeira interlocutora. Parecia-lhes improvável existir entre eles as sacanices e os rancores surdos ou ostensivos, caldeados no meio das invejas, vaidades e disputas de egos, que, como em todo o lado, existiam no departamento. Depositava em Miriam uma confiança especial e reportava as suas qualidades aos superiores. Quando se aposentasse, seria ela quem ele mencionaria a propósito da sua substituição na coordenação da unidade.

Ela não se inibia de expressar as diferenças de opinião e divergiam quando tinham de divergir, mas raramente tal acontecia. E mesmo nesses casos, os efeitos nefastos de uma ou outra discussão mais acesa ficavam por ali, como, recordava ele, naquele princípio de noite em que se preparava uma operação de rusga e apreensão.

Estavam sós e pedira-lhe ajuda nos procedimentos de obtenção dos respetivos mandados de busca. Naquele dia, Miriam sofria impaciente com as dores da menstruação — soube-o depois — e ainda estava sentida porque as suas propostas sobre o plano para a operação tinham acabado descartadas. No entender da própria, injusta e liminarmente rejeitadas. E não era improvável que tivesse alguma razão.

— Não posso ficar. Tenho de ir ao ginásio. Há muitas semanas que não vou e não quero perder o desconto na mensalidade — disse ela por pirraça.

Miguel não esperava a negativa e exclamou com azedume:

— Vai, vai, que estás a ficar gorda que nem um texugo.

Ela estacou e fica a olhá-lo de frente. Contrai o rosto e os olhos são duas linhas finas, até retorquir provocante na voz e na atitude:

— E tu? Já olhaste para essa barriga?

Sem mais palavras, Miriam põe a malinha a tiracolo e dirige-se para a saída. Abre a porta, mas sustém a passada quando vê que ainda há gente na sala ao lado; e sai fechando cuidadosamente a porta para não bater.

Miguel ficara a vê-la fixamente. Reparou particularmente no modo de fechar a porta, abanou a cabeça, sentou-se e sorriu, refletindo sobre os significados das grandes proclamações e dos pequenos gestos.

«Não é grave», pensou.

No dia seguinte, Miriam tinha caprichado no vestir e na maquilhagem, e quando ficaram sozinhos perguntou-lhe:

— Estou assim tão gorda?

— Não, apenas um tudo-nada cheiinha — gracejou ele, agradado pelo modo reconciliador da pergunta.

— Desculpa o que disse ontem. Estava num dia muito difícil.

— Já passou — e acrescentou, descarado: — És uma gordinha elegante e linda.

Riram ambos do que dissera. Ficaram ainda mais próximos.

De Miguel, Miriam admirava o seu controlo emocional durante as operações. No terreno, e sobremaneira nas situações mais complicadas, via cair-lhe em cima uma espécie de manto de calma e objetividade. Nem uma sílaba fora do mesmo tom de voz claro, firme e, como um autómato, alheio ao que o pudesse desviar do essencial. O conteúdo do pouco que dizia era seco, sem titubeações ou adornos desnecessários. Nos interrogatórios era certeiro. As perguntas saíam logo perfeitas, e se as corrigia ou reformulava era de propósito: tinham dentro outras perguntas.

Fora das operações não era essa esfinge. Era igualmente um organizador metódico e inteligente, mas ficava irritadiço quando detetava alguma tentativa de desvio ao que estava programado, por pequeno que fosse. Uma pequena improvisação era para ele, fatalmente, uma espécie de princípio irreversível do caos. Então, no que respeitava ao cumprimento dos procedimentos processuais, entrava num estado de intolerância extrema se alguém negligenciava algum pormenor.

À parte estes episódios, o seu carácter meticuloso — às vezes, até ser enervante — criava uma aparência de lentidão no planeamento. Esta era, contudo, uma falsa lentidão, como se constatava no momento da discussão dos planos. Com ele, eram raríssimos os recuos determinados pela necessidade de introduzir alterações ao planeado.

Fosse porque fisicamente, além de uma calvície avançada para a idade, não houvesse nele nada além do mediano, fosse por nunca se ter envolvido com qualquer das colegas da polícia, a verdade é que, no departamento, a vida sentimental de Miguel não suscitava qualquer interesse. E a pouca coisa que Miriam sabia dele tinha-o percebido por meias palavras do próprio, deixadas no meio de conversas banais.

Sabia que se tinha divorciado há muito, e também que tinha uma filha e vivia sozinho. Além disso, intuíra que se encontrava com uma antiga colega da escola secundária, mas não viviam juntos. Ao que parecia, a ex-colega tinha quatro filhos: duas filhas solteiras e dois filhos casados que, praticamente, continuavam a viver com a mãe. Tudo somado, estavam em «regime de pensão completa», os filhos, as noras, as filhas e os namorados, e mais algum amigo que aparecesse.

Sim, era demasiado arraial para os gostos calmos e pachorrentos do pacato Miguel Simões.

IX
MIRIAM E MIGUEL — 2

Naquela madrugada de antevéspera de Natal, o telefone tocou inesperadamente. Miguel, para quem um sono profundo era, há muito, uma bênção já esquecida, acordou ao primeiro toque. Atendeu o telefone, enrugou fortemente o semblante, e a voz elevou-se até terminar aos berros: Miriam tinha sido ferida durante uma rusga. Miguel sabia que ela integrara ocasionalmente outra equipa para identificação e detenção dos membros de um grupo a quem se imputava a prática de múltiplas atividades criminosas.

Diziam-lhe ao telefone que Miriam tinha sido apanhada no meio do fogo cruzado desencadeado inesperadamente entre gangues que lutavam pelo controlo do comércio da droga naquela zona. A bala atingira-lhe a coxa direita, perdera muito sangue, mas estava consciente quando entrou no hospital. Os médicos ainda não tinham dado qualquer informação sobre o seu estado de saúde.

Miguel perguntou:

— Houve mais feridos?

O inspetor que tinha telefonado respondeu que não, e ele voltou a perguntar.

— Estás no hospital?

O outro terá dito que sim.

— Vou já para aí — terminou Miguel.

Vestiu-se à pressa e saiu. Ligou os quatro piscas do carro e acelerou pelas ruas quase desertas. Não obstante haver pouco trânsito, deu por si, de vidros fechados, injuriando os raros condutores que circulavam àquela hora e que demoravam a afastar-se para ele passar. Sentiu que o peito se apertava, e a transpiração escorria-lhe pelo rosto: conhecia bem os estragos que um projétil podia causar naquela zona do corpo.

Quando chegou ao hospital, Miriam estava ainda no bloco operatório. Não a pôde ver e nada mais conseguiu saber sobre o seu estado. Esperou nervosos minutos, envenenado pelo medo do que pudesse acontecer. Finalmente, um cirurgião chamou-o e afastou a pior das hipóteses: a bala tinha passado longe da artéria femoral e nenhum dos vasos vitais fora atingido. Estava estabilizada e ainda sob o efeito da anestesia. Agradeceu efusivamente ao médico e apeteceu-lhe gritar como quem comemora uma vitória. Percebeu, então, como ela era já tão importante para si. Redescobria a chama do encantamento que pensava perdida com a sua própria juventude.

Ao final da tarde foi vê-la. Passou pelo gabinete dos médicos e soube que o seu estado clínico evoluía favoravelmente. Não era hora de visitas e havia um grande silêncio na enfermaria. Estava sedada e dormia serenamente no meio da confusão de cateteres, frascos e sondas que lhe levavam a medicação e o oxigénio. Ficou a vê-la durante algum tempo e saiu sem que ela acordasse. Deixou-lhe um cartão, onde escreveu:

Boa noite.

Estive cá. Dormias e não quis acordar-te. Os médicos dizem que o pior já passou e que vais recuperar rapidamente.

Volto amanhã.

As melhoras.
Um beijinho,
Miguel

Visitou-a em todas as tardes seguintes. Em cada dia que passava, a conversa corria com maior familiaridade. Ele apostaria, até, que aqueles minutos eram igualmente agradáveis para ela — coisa que o narrador garante que sim. Mas se Miguel pudesse saber ao certo, saberia mais: ficaria a saber que as suas visitas não só lhe eram agradáveis, como Miriam passara a esperar ansiosamente por elas. Era o desejado momento do seu dia.

Ao fim de poucas tardes, tinham caído todos os disfarces. Estava bem claro para ambos que aquelas visitas já nada tinham que ver com o cumprimento de deveres de solidariedade profissional ou de simples amizade.

Uma vez, quando ele chegou à enfermaria, a irmã mais nova de Miriam estava com ela. Miriam tinha telefonado à mãe dando conta da sua hospitalização e esta incumbira a filha mais nova de a ir visitar. Já antes Miguel percebera que o relacionamento entre Miriam e a mãe era distante e magoado. Com as irmãs não era muito mais caloroso.

Miriam era a mais velha de quatro irmãs. O pai morreu ainda novo e inesperadamente. Não era homem para carregar inquietações imaginárias ou que fossem dispensáveis no seu pragmático julgamento. Também não se dilacerava em ressentimentos por azares que a vida lhe tivesse colocado no caminho; e tinha colocado alguns. Comprara máquinas e alfaias e cuidava dos generosos terrenos que adquirira e da casa que lhe coubera por herança paterna. Negociava também em cães de caça. Ia buscá-los aos confins onde estivessem, desprezados, famintos ou simplesmente por ensinar, e punha-os a luzir.

Ela vira-o retomar energicamente a chama de alento interrompida com o retorno de Angola. Levantava-se cedo, labutava todo o dia, mas renascia alegre de cada vez que voltava a trilhar os carreiros livres da sua infância. Soltava assobios como um pássaro. Naquelas árvores, nos cheiros das ervas e ramos secos que pisava, aí estava — sentia-o bem — a seiva renovada da sua vida.

Miriam lembrava-se da pueril alegria com que ele, de vez em quando, por graça, mas também antecipando a saborosa degustação, depositava na mesa grande da cozinha um braçado de repolgas saídas de canhotos de negrilhos e choupos por onde passara. Ela era, aliás, a única mulher da casa que apreciava a oferta. Como o pai, também ela adorava repolgas.

E sentia que ele, apesar dos muitos afazeres, lhe dedicava uma atenção viva e carinhosa. Ela venerava-o.

Com a morte do progenitor, recebeu, ainda cedo — no âmago da sua despreocupação juvenil —, o soco bruto do desaparecimento irremediavelmente definitivo de alguém muito querido. Por muito tempo uma dorida saudade cortou-lhe o peito como um pano velho que se rasga ao meio. Sentiu pela primeira vez pousar em si a sombra que a evidência brusca da morte para sempre coloca no sentido da vida. Revoltou-se contra a incompreensível irrevogabilidade da perda e endureceu.

A mãe, que ela sempre conhecera como uma pessoa triste e imersa em dificuldades e ressentimentos, remoídos a toda a hora, não tinha o lado solar do falecido. E, com a viuvez, ficou ainda mais infeliz e austera. Nunca mais ninguém lhe viu um sorriso, já antes raro, ou uma expressão que não fosse de um imenso queixume.

Falecido o pai, a convivência entre Miriam e a mãe — que já não era fácil — piorou. Enquanto o pai foi vivo, era comum imputarem-lhe, numa espécie de acusação, o estatuto de ser a sua preferida. Agora, sucediam-se com maior frequência os remoques e os enfrentamentos. E se antes podiam estes atribuir-se aos mecanismos do ciúme, parecia terem de procurar-se outras especiosas razões para que continuassem para lá do desaparecimento do ente pretensamente disputado.

Razões à parte, certo é que, fosse por que fosse, os atritos chegavam a alturas de agressividade nada exemplares entre uma mãe e uma filha. O confronto nunca estava longe. Dir-se-ia, para concluir, que os feitios não se davam de maneira nenhuma e cada querela cavava feridas progressivamente mais dolorosas e de mais difícil esquecimento.

Do lado das irmãs, elas eram ainda demasiado novas e, em regra, não iam além do egoísmo centrado no seu mundo infantil. Excluídos os raros casos em que isso acabava por lhes trazer alguns inocentes benefícios, as animosidades entre a irmã mais velha e a mãe eram-lhes verdadeiramente indiferentes.

Tudo se extremou irremediavelmente entre ambas quando a jovem não aceitou interromper o ensino secundário e rechaçou o papel tradicionalmente atribuído à filha mais velha naquelas circunstâncias. Após a primeira abordagem, Miriam escalou a revolta: não desistia da sua independência e de uma vida profissional própria, para ali ficar — e ir ficando — agarrada à condição de auxiliar da mãe na educação e sustento das filhas mais novas. E ripostava com a desnecessidade do seu sacrifício, justificando que «a família não era rica, mas também não era pobre», e «as irmãs, dentro em breve, também iriam à sua vida».

A isto a mãe atalhava com a cautelar prevenção:

— Temos de estar preparadas para o caso de ocorrer uma doença ou outra fatalidade. Com a morte do teu pai, ficámos sós, e ninguém sabe o dia de amanhã.

Miriam não desarmou. Obstinada, falou com vários professores até conseguir que o diretor da escola chamasse a progenitora para interceder por ela.

— Para que não se perca uma aluna com tamanhas possibilidades — justificou-se o diretor perante a viúva.

E prometeu:

— Verei se, além da isenção de propinas, a escola pode ajudar na compra do material de estudo.

A senhora ainda arguiu, com uma ou duas referências aos apertos monetários que sobrevieram à morte do marido. Contudo, nada à vontade perante um ambiente e uma linguagem que não eram os seus, foi-se acanhando a pouco e pouco e, entre silêncios e lamentos, lá balbuciou o propósito de «chamar a si mais trabalhos e privações para que a filha continuasse os estudos», antes de sair do gabinete vencida e acabrunhada.

No remoído caminho de regresso arrastou penosamente a azeda vergonha que sentira, mas, orgulhosa como era, entrou em casa num altivo silêncio. Nunca perdoou, todavia, a ousadia da adolescente nem a censura implícita do diretor — desaforo que também à filha creditou —, e o ambiente em casa ficou ainda mais tenso.

Miriam concluiu o ensino secundário com excelentes resultados e, depois de mais algumas semanas de novos confrontos com a progenitora naquele ambiente malsão, a sua sede bravia de independência venceu por fim. Conseguira um emprego num escritório de despachante oficial no Porto.

Saiu de casa levando pouca coisa numa mala pequena — e nela não ia a bênção materna.

Mais tarde, foi aprovada num concurso de ingresso na Polícia e colocada em Lisboa, por onde ficou.

Durante uma década, voltara à casa materna apenas três vezes. Duas, para os casamentos de outras tantas irmãs, e a outra quando a mãe adoeceu com uma pneumonia. Nesta ocasião, telefonou-lhe várias vezes e notou na sua voz uma afável lhanura de que não se lembrava. Incentivada pela esperançosa surpresa, meteu férias e apareceu com vontade reconciliadora. Em vão. Acreditara ter havido um amaciar de ressentimentos, mas passaram poucos dias até comprovar que não.

Com a recuperação da doença, foi regressando a mulher infeliz e quezilenta, insinuando-lhe desfeitas assentes em novos e velhos factos, que Miriam, quase sempre, nem recordava. Repetia-se o rol de lamúrias — no fundo, acusações — por nunca a ter apoiado no esforço para criar, educar e proteger as irmãs. Voltavam ao mesmo. Esgrimiam razões requentadas, já por ambas bem conhecidas.

No rescaldo da mais recente altercação, a mãe concluíra:

— Bem sei que tens direito à tua vida.

E, como a filha já se tivesse calado, continuou como se falasse para si mesma:

— É claro que tens, mas somos do teu sangue, somos a tua família. Tens obrigações.

O pretexto mais próximo era agora o facto de a mais nova das filhas ter o casamento apalavrado e não conseguir reunir o dinheiro para que o evento, com os níveis de festança e eco desejados, não se atrasasse. Pelos vistos, a irmã e o namorado tinham-se descuidado e havia agora uma gravidez que não podia ocultar-se por muito mais tempo, e que dava urgência à oficialização do matrimónio. A mãe lamentava-se todo o dia pelos cantos da casa por não ter posses para completar o enxoval da noiva e para quinhoar na parte habitual dos encargos com a boda e com outras tradicionais incumbências inerentes ao enlace.

Miriam entregou à mãe o dinheiro que achou adequado e antecipou o regresso a casa. Já não duvidava de que aqui, ao invés do que ocorre em casos mais afortunados, os anos tinham cavado ainda mais fundo a lonjura entre ela e as outras mulheres da família. Facto evidente e, confirmava-se agora, dificilmente reparável.

A mais nova das irmãs trouxera uma cadeira da outra ponta da enfermaria, sentara-se junto a Miriam e passara a fazer de núncio da família. No essencial, juntava aos seus os desejos de melhoras e os cumprimentos da mãe e de outros familiares. A seguir, à falta de mais assuntos, preenchendo silêncios mutuamente embaraçosos, reportou as desgraças e as premências do quotidiano dos diferentes membros da família, incluindo os seus. Por ali passaram as doenças, os filhos, os maridos, os encargos, as zangas, o desemprego, os maus vizinhos, a falta de dinheiro e outros costumeiros assuntos.

Ficava assim justificada a ausência das irmãs e da mãe, bem como a impossibilidade de alguma delas vir apoiá-la durante a convalescença. Não faltou a referência à grande dureza da viagem e ao seu custo:

— Eram cinco horas de caminho para cada lado, um dia inteiro, e não era barato...

Miriam não era de sonsices e não disfarçou o quanto lhe desagradava aquela litania. No meio da conversa, olha fixamente para o frasco de soro suspenso ao seu lado e vai mexendo as mãos. Está impaciente — Miguel bem o percebe — e quer mudar de tema ou simplesmente terminar. Ele faz menção de se afastar para as deixar à vontade, mas, num gesto, ela pede-lhe que fique.

Quando já se adivinhava a despedida, a irmã ligou à mãe e passou o telemóvel a Miriam. Antes que pudesse ir além do cumprimento inicial, Miriam escuta longamente a lamentosa voz que ressoa do outro lado. No final, respira fundo e responde:

— Mãe, não pode passar a vida a chorar a perda do que teve em Malange. Já passou, mãe! Pensar dessa maneira só a faz mais infeliz.

Miguel teve um estremeção. Andou várias décadas para trás: «Seria possível?» Mil vezes recuperou a imagem — fatalmente esbatida pela sépia do tempo — da pequenita a entrar no aeroporto de Luanda levando na mão um saco maior que ela. Mil vezes fez contas aos anos decorridos e às suas idades. «Será possível?»

Mal pode esperar pelo momento de ficar a sós com Miriam, mas esperou.

— Quando vieste de Angola?

E havia nele uma desmedida ansiedade.

— Por que perguntas? — Estranhou ela.

— Responde, por favor.

— Tenho poucas memórias da nossa vinda, mas os meus pais diziam que foi em agosto de 1975.

— E vinhas de Malange?

Como era tão frequente nela, Miriam franze a testa num trejeito que também indagava. Perante o incisivo silêncio dele, respondeu com o que ouvira dos pais.

— Sim, viemos de lá para ficar em Luanda, em casa de uns primos, até embarcarmos para Portugal. Eles, porém, terão conseguido a viagem duas semanas antes da nossa chegada e avisaram que deixavam a chave da casa com um português que tinha uma mercearia na mesma rua. Só que, quando chegámos à mercearia, também o dono já tinha embarcado e, entretanto, a casa fora ocupada pelas famílias dos antigos empregados angolanos. Ficámos todos a dormir no mesmo quarto de uma pensão: os pais numa cama, a bebé num berço, e eu com a minha outra irmã num divã.

— Não te lembras de como foram para o aeroporto?

— O pai falava que o automóvel avariou e foi um carro da tropa que nos valeu.

Miguel levou a mão à cabeça e exclamou:

— Incrível, há coincidências extraordinárias! Fui eu que vos levei ao aeroporto!

Ela ficou de boca aberta. Quando se refez da surpresa, ainda perguntou:

— Estás a brincar?

— Não! Lembro-me do teu pai: era um homem baixo e forte. E, sim, disse-me que vinham de perto de Malange.

— Tens a certeza?

— Sim, tenho a certeza. Podes confirmar: a tua mãe estava grávida e notava-se bem. A tua irmã deve ter nascido dois meses após chegarem a Portugal.

— Parece impossível! Não posso acreditar! — Miriam repetia emocionada, enquanto lhe apertava fortemente a mão. — Parece impossível!

Miriam recuperou bem.

No dia em que, à beira de um fim de semana, lhe comunicaram que ia ter alta, perguntou-lhe:

— Levas-me a casa?

— Claro que sim! — respondeu ele rapidamente.

— E contratas alguém para cuidar de mim?

Após uma estranha hesitação e dois passos na enfermaria, Miguel ofereceu-se.

— Se quiseres, eu próprio trato de ti nestes primeiros dias. E quando for trabalhar, posso telefonar a uma dessas agências de apoio domiciliário.

— Obrigada — disse ela agradecida, enquanto se instalava na cara ainda pálida um nítido traço do brilho colorido da felicidade.

Miriam ergueu-se ligeiramente da cama e beijou-o.

Nesse fim de semana, Miguel conheceu o referenciado «minimalista, mas icónico e bem decorado apartamento» e verificou que o misto de ironia e vaidade com que ela se referia à sua casa não deixava de ser apropriado. Situado numa zona agradável da cidade, era um T2 relativamente amplo, de paredes quase vazias e com mobiliário em quantidade espartana, mas de evidente qualidade.

Miriam estava ainda muito cansada e dirigiu-se de imediato ao quarto para se deitar.

— Vou aviar os teus medicamentos — disse ele, agarrando a folha da receita médica.

— Obrigada. Há uma farmácia ao fundo desta rua. Podes ir a pé.

Antes de sair, foi à cozinha e abriu o frigorífico. O que havia não era suficiente para cozinhar uma refeição para ambos. Teria esgotado as provisões antes da hospitalização.

— Vou também ao supermercado — avisou ele.

— Sim, desculpa. Sei que há pouca coisa. Pensava ir às compras naquele dia.

Ele tirou uma folha do bloco de notas que havia em cima da bancada da cozinha e foi sentar-se na cama ao pé dela.

— O que queres que traga?

Ela sorriu, feliz com o que lhe parecia ser a naturalidade de quem já pertence à casa, e foi ditando. No final, acrescentou:

— Como ficas cá, completa a lista com as coisas que queres.

— Demorarei um pouco mais — disse ele ainda. — Passo também por casa para trazer algumas coisas minhas.

Ao longo do fim de semana cuidou dela com todo o carinho e com todo o zelo de que foi capaz. Conversavam divertidos, e todos os temas eram agradáveis assuntos de conversa. Nas duas primeiras noites decidiram que, em face do estado ainda frágil dela, seria melhor ele dormir no sofá da sala. Na terceira noite, não resistiram e amaram-se num descobrimento de contida paixão.

A meio da semana seguinte, ela estava francamente melhor. O seu caminhar titubeante, arrastado pelo quarto com ajuda das canadianas, ia dando lugar às passadas cada vez mais firmes, aproximando-se do vigor que lhe conhecia. Ainda assim, para cuidar dela, Miguel requerera uma curta licença de férias.

Após o regresso ao departamento, ele passou a chegar a casa cada vez mais tarde. Uma noite, quando Miriam abriu a porta e lhe procurou o abraço, sentiu-o inseguro. Ele desculpou-se com o cansaço:

«Havia, ainda, que recuperar o que ficara atrasado durante a licença que tirara».

Miriam não acreditou.

Regressavam-lhe os medos enlaçados nas dúvidas que a assaltavam com frequência desde que ele começara a visitá-la no hospital. A dúvida quanto à existência de outra mulher na sua vida;

a dúvida se ele, habituado há tantos anos a viver sozinho, suportaria partilhar o seu espaço e a sua intimidade com alguém, e com ela em particular; e a mais indecifrável de todas as dúvidas: qual a medida real e a consistência da sua paixão por ela?

Apesar destas incertezas, e de ver a tensão que ia marcando o rosto dele enquanto jantavam, foi como se recebesse em cheio o golpe de um punhal traiçoeiro quando o viu pousar os talheres e dizer:

— Gostava de falar sobre o nosso futuro.

Ficou a olhá-lo, tentando adivinhar o que viria a seguir, mas temeu o pior.

— Falemos — respondeu, simulando encarar o momento com naturalidade.

Miguel inspira fundo e diz:

— Podes contar comigo sempre que for necessário, mas já estás recuperada e eu preciso de voltar para a minha casa. Tenho vários problemas para tratar e necessito de ficar só para os resolver.

Ela olhou-o bem de frente, tentou conter a comoção que ameaçava rebentar-lhe no peito como um rio aprisionado por um dique velho e gasto, e pediu-lhe, sem reservas, expondo-se com toda a sinceridade:

— Fica comigo até ter alta. Já falta pouco.

Ele não conseguiu dizer que não, e ficou.

No dia em que lhe deram alta médica, Miguel lembrou o acordado e Miriam voltou a pedir-lhe que ficasse.

— Não, não posso. Tu já estás recuperada e, como disse, necessito de resolver alguns problemas da minha vida.

Ficaram em silêncio olhando fixamente um para o outro.

— Por que me deixas? — perguntou ela.

Desviou brevemente o olhar e reformulou a pergunta.

— Por quem me deixas?

A pergunta ficou no ar. Nenhuma resposta a amparou. Mas aquela despojada franqueza, expressa sem defesas, golpeou-o intensamente como um pungente remorso.

Ela acreditou que ele iria fugir-lhe. Ele concluiu que nunca conseguiria fugir-lhe.

Miguel tinha de facto um problema, grande e antigo: o medo de ficar aprisionado por compromissos impedia-o de se entregar. Temia a sensação de clausura que viria com a perda de liberdade. E depois, a incapacidade de lidar com o tédio, o fim do desejo, o cansaço, que naturalmente acabariam por chegar. Mas, acima de todos os medos — e Miriam nunca o imaginaria —, havia essa coisa mal definida que era o medo de, transformada a paixão em hábito e enfado, ter de voltar a magoar. E a magoar-se profundamente, longamente derrotado e ferido. Também submerso em culpas pelas dores alheias.

Ficou em casa dela ainda naquela noite. Dormiram na mesma cama, como habitualmente, mas isso revelou-se tão confrangedor que ambos teriam preferido que ele tivesse regressado a sua casa de imediato.

Já em casa, Miguel telefonava frequentemente para saber como ela estava. Ela atendia com naturalidade e nunca perguntou se e quando voltaria, mas o tempo ia passando. Havia duas semanas que não se viam: ele, carregando o pesado lastro da indecisão; ela esperando por ele e duvidando.

Embora sem grande convicção, ele passara a ideia de precisar de uma semana para tratar dos «assuntos», mas uma semana não chegou. Nem duas, nem três, e ela ia reforçando a ideia de que tinha sido uma despedida para sempre. Uma cobarde despedida. Ou, pior do que isso, uma mentira desde o início.

Ainda antes de regressar ao departamento, Miriam requereu a afetação a outra unidade e foi-lhe concedida. Não suportaria voltar a trabalhar com ele.

Uma tarde, ele telefonou-lhe para a informar de que viajaria para Lyon, onde estaria em reuniões na sede da Interpol. Quando desligou, a voz tranquila de Miriam, sem recriminações nem lamentos, voltara a espicaçar a nostalgia da saudade e acentuava o que parecia ser cada vez mais certo: ele não resistiria muito mais até pedir-lhe para viverem juntos.

X
MIRIAM E MIGUEL — 3

Voltara a Lyon. O edifício da Interpol fervilhava de gente das mais variadas nacionalidades. Durante uma semana cumpriu o programa de reuniões que estava previsto. O trabalho terminara na sexta-feira e, desta vez, o avião de regresso seria apenas no domingo. Tinha o sábado livre.

Era, provavelmente, a sua última deslocação a esta cidade. Fizera contas, avaliara os prós e os contras, e já aqui, à janela, com vista sobre o Ródano, tomara a decisão irreversível de antecipar a passagem à aposentação. Pela antecipação, teria um corte no valor da pensão, mas isso não alterara a vontade de sair o mais rapidamente possível. Logo na segunda-feira comunicaria à chefia a intenção de deixar a Polícia no princípio do ano seguinte.

Tinha planos para iniciar um período de vida mais repousado, mas ainda ativo. Queria relaxar e «gozar a vida», mas sem que cada dia do presente e do futuro fosse apenas a recordação do passado.

Pela primeira vez, sentia que começara a grande despedida: a despedida dos sítios, da sua luz, e também das pessoas que a eles pertenciam — tudo a envolver-se já na bonomia do manto indulgente da partida.

Ao longo da vida saltara de sítio para sítio, em mudanças desafiantes entre opções nem sempre fáceis de escolher, mas desta vez sentia que a escolha se encontrava solidamente ancorada e sem nenhuma reticência. Queria-a sem hesitações.

Também em relação a Miriam não prolongou o impasse. Nem podia mais: ela habitava cada esquina dos seus dias. Em cada instante, lá estava ela, naturalmente iluminada pelo brilho cintilante e parcial das melhores memórias...

Decisões tomadas, dormira de um sono só e acordara cheio de energia. Sentia-se muito bem.

Enquanto tomava o pequeno-almoço, planeou o que fazer durante o dia. Caminharia pelo parque Tête d'Or e seguiria ao lado do Ródano. Continuaria junto ao rio Saône e subiria o funicular a caminho do topo da colina Fourvière, aonde fora apenas uma vez, não obstante terem sido muitas as que estivera na cidade. Aí, sentado nas escadas do teatro romano, despedir-se-ia de Lyon. Com dia claro, talvez visse muito ao longe a silhueta dos Alpes. Antes de regressar ao hotel entraria num conhecido restaurante do bairro antigo da cidade para uma refeição sem pressa e sem olhar a despesas. Escolheria um excelente vinho — sabia qual — por azar, caro, mas «um dia não são dias». Afinal, comemorava, e não voltaria ali, ou, pelo menos, não o faria tão cedo.

Cumpriu o planeado. Devagar, seguiu o itinerário previsto e foi passando pelos sítios com o olhar que tinha quando visitava outras cidades que não a sua: o olhar de forasteiro que, estando de passagem, surpreende vivências e recantos que a rotina e a pressão do quotidiano escondem dos residentes.

Prolongando a memória do orvalho matinal, ainda brilhavam pequenas gotículas nos pontos mais abrigados dos relvados. Algumas famílias desfrutavam do sol, dispersando-se ao longo dos tapetes verdejantes.

O outono ia a meio, e esta seria uma das últimas manhãs soalheiras e amenas até à próxima primavera. As crianças, particularmente, pareciam sabê-lo com grande acuidade: as correrias, os pequenos jogos, os gritos, os risos, ou a simples liberdade infantil, tinham um vigor acrescido. Viu-as com os pais e os avós, felizes no meio da sua contagiante energia. E constatou como os mais velhos, vendo-as, se alegravam e retiravam algum peso às suas vidas. Sorriu demoradamente ao observá-las, numa espécie de ternura acumulada. E lembrou-se da sua irmã, sempre atenta, sempre perspicaz, dizendo-lhe:

— Estás perfeito para ser avô.

— Porquê? — perguntara por perguntar, já que sabia bem o que ela queria dizer.

Ela encolhera os ombros perante a manifesta desnecessidade da pergunta. A seguir, olhou-o de lado e respondeu:

— Não finjas, sabes bem do que falo. Vê-se à distância: o jeitinho como conversas e brincas com os miúdos, teus sobrinhos ou não. E adoram-te. A ti e às tuas brincadeiras.

Sim, ela tinha razão. Estava pronto para ser avô. Tinha agora aquela dose de serenidade e paciência que permitia achar graça ou tolerar as atitudes da miudagem. E deslumbrar-se ao vê-las crescer.

Já atravessara o Saône, quando uma buzina de carro o assustou e lhe provou que caíra num estado de grande serenidade. Sorriu quando pensou que «esta era uma manhã que apelava à felicidade, essa paz alegre, ou o que quer que a felicidade fosse». Sobrevinha-lhe uma comovida simpatia pelas pessoas e um clarão de entendimento com o tempo e com a vida.

Chegou ao cimo da colina. Sentado na escadaria do teatro romano, com a cidade à frente, ficou mais forte a presença de Miriam no pano de fundo de cada recordação. Surpreendeu-se por recordar menos as suas feições do que a sua voz calma. Telefonou-lhe. Pela segunda vez nessa manhã ela não atendeu, nem devolveu a chamada. Percebeu então que mais forte do que a preocupação com a sua saúde ferrava-se-lhe agora afiado o aguilhão do ciúme.

Quando já descia a Fourvière, Miriam ligou. Pedia desculpa: na noite anterior tinha colocado o telefone em silêncio, e só agora se apercebera das tentativas dele. Miguel pôs logo de lado o desconforto que viera do não atendimento das chamadas e indicou como razão do telefonema o querer saber como estava. Fê-lo, contudo, de um modo que a ela pareceu ter sido para mais do que isso. Ainda assim, nenhum deles foi além do registo próprio das conversas banais. Ela terminou desejando-lhe boa viagem e desligaram.

Assim que regressou de Lyon, Miguel telefonou a Miriam. Gostaria de falar-lhe e não lhe parecia apropriado ser pelo telefone.

— Queres vir a minha casa? — propôs ela, sentindo-lhe na voz um sinal próximo daquele que, há muito, era o seu desejo.

— Sim, se te for conveniente.

— Amanhã ao fim da tarde?

— Combinado.

No dia seguinte, quando Miriam abriu a porta e o viu, ficou sem dúvidas. O semblante com que a olhava dizia-lhe tudo: pedia-lhe para ficarem juntos.

— Estás a sorrir?

— Sim, por te ver — respondeu ele.

Ainda assim, ela perguntou-lhe sem saírem da ombreira da porta:

— O que tens para me dizer?

Em vez de responder, Miguel olhou-a demoradamente, com uma expressão que apenas pedia perdão, e só depois falou:

— Nada que precise de muita explicação. Desculpa-me se puderes. Estou muito atrasado, devia ter vindo há muito mais tempo.

Ela tocou-lhe ao de leve no rosto e abraçaram-se ternamente. Demoraram-se, cingidos, e as palavras foram poucas.

Passado o fulgor do momento, conversaram muito — coisa que adoravam fazer. Sem reservas, voltaram a rir dos receios e das fragilidades de cada um. E, sobretudo, lamentaram o tempo perdido.

Mais tarde, ela confessaria:

— Perdoei-te logo que tocaste à campainha.

Numa noite da semana seguinte, sobreveio-lhe um pesadelo antigo, que retornava após uma grande ausência.

Algo lhe caia em cima e o tapava. Ele não conseguia libertar-se e sufocava. Era sempre assim: um diáfano lampejo de consciência, mas uma incapacidade de comandar o seu corpo. No meio das imagens confusas geradas na caótica fronteira entre o pesadelo e a realidade, sobrevinha uma força que iria sufocá-lo sobre uma outra que resistia, mas não o conseguia resgatar, e fraquejava. Então, algo lhe acenava com a alternativa de desistir, abandonar-se, parar de se debater, voltar ao sono profundo e deixar-se ir. Morreria sufocado e seria tudo.

Na orla desse pântano sobrevivia, porém, a reminiscência de um ensinamento aprendido muito antes. Ancorado na névoa de realidade que restava, fez o que os frágeis traços daquele simulacro de recordação lhe indicavam para se libertar do sono fatal. Reuniu em si toda a energia de que foi capaz e provocou a agitação crescente do corpo até que, quando as pernas já se moviam freneticamente, retesou os músculos e, depois de um esticão forte, ergueu o tronco e acordou ofegando violentamente.

Desta vez, quando se sentou na cama, sentiu a mão dela que, suavemente, lhe ia descrevendo pequenos círculos no braço.

— Um pesadelo? — perguntou Miriam baixinho.

— Sim — respondeu ele ainda exausto. — Desculpa, não te avisei. Quando me sentires a mexer muito, acorda-me, por favor.

Ela acendeu a luz da mesinha de cabeceira e olhou-o. Viu-lhe no rosto gotas de suor que pareciam cavar mais fundo as suas rugas. Notou, também, o seu olhar subitamente envelhecido.

Miguel passara a fixar o teto enquanto retomava a cadência regular da respiração.

— Deita a cabeça no meu colo e descansa — disse ela num murmúrio que parecia um versinho de infância, e ele deitou. Encostou-se e deslizou até aninhar a cabeça entre os ombros e o pescoço dela, no ponto onde os seios começavam a elevar-se.

— Acordaste-me ou acordei sozinho? — perguntou ele.

— Sim, fui eu — Miriam sorriu. — Quem querias que fosse? Senti as tuas pernas mexendo como se corressem, e acordei. A seguir, toquei-te ao de leve no braço, para que acordasses sem te assustar.

— Obrigado, amor. — E insistiu numa voz cansada: — Mas da próxima vez abana-me com toda a força. E não pares até eu acordar.

— Queres falar do pesadelo?

Miguel não queria falar agora, mas sabia bem a origem daqueles opressivos momentos. Em turvos esquissos, recuperavam o rebentamento da mina junto aos Embondeiros, e o socorro ao último morto da sua companhia. No resto, havia em si e em tudo aquilo como que duas existências, duas entidades: a prisioneira do pesadelo e a que, do exterior, tentava resgatá-lo. Mas, naquele momento, estava demasiado cansado para uma conversa tão penosa e, acima de tudo, queria deixá-la dormir.

— Amanhã. É tudo tão estranho... E tão antigo. Misturam-se tantas coisas: realidade, fantasia, recordações deformadas, sei lá... — disse ele, enquanto puxava o lençol, disposto a voltar também ao sono.

— É verdade. Os sonhos cruzam-se em lógicas que só eles conhecem — comentou ela.

Miriam não insistiu. Disse apenas baixinho:

— Dorme, eu vigio o teu repouso.

Apagou a luz e sussurrou-lhe com toda a ternura que tinha dentro de si, enquanto lhe acariciava a cara e o peito ainda transpirados.

— Amor...

E beijou-o.

De regresso a casa, enquanto estacionava o carro na garagem, Miriam reparou que a janela da porta do carro dele continuava aberta. Já estavam deitados quando, na noite anterior, o avisara e ele ficara de tratar disso logo pela manhã. Sorriu, enquanto pensava a caminho do elevador:

«Com os mansos dias da reforma, o certinho chefe Miguel Simões estava a ficar desleixado.»

Passou pelo patim do prédio e abriu a caixa do correio. Além de um folheto de hipermercado, havia duas cartas para ele. Miguel também não tinha recolhido o correio, como sempre fazia.

Sobe no elevador e está à porta do apartamento. Acabara de meter a chave na fechadura quando interrompeu o ato mecânico de a rodar. Um vislumbre súbito, vindo de um qualquer beco da memória, acabava de lhe lembrar que ele também não tinha ligado a dizer se comprara os bilhetes para o espetáculo no Coliseu, como combinara fazer. E lembrou-se, então, que já deveria ter sentido o aroma desmedido dos temperos fortes e indiscretos com que Miguel cozinhava a cataplana de peixe, manjar que ele adorava e alegremente prometera fazer para o jantar. E Miguel não falhava. Ademais, se houvesse algum contratempo ou mudança de planos, tê-la-ia avisado.

Tocou à campainha duas vezes. Apurou o ouvido e não ouviu nada. Desconfiou. Recordou que, semanas antes, Miguel recebera chamadas telefónicas de um número privado, onde uma voz jurava vingar-se de uma detenção efetuada há muitos anos. Ele não parecera valorizar, mas ela sabia que, chefiando aquela unidade num período tão longo, não era improvável que tivesse criado inimigos sedentos de vingança. Tirou a pistola da mala, rodou a última volta da fechadura e apontou à estreita nesga de porta que entreabrira. Chamou-o, mas a casa manteve-se em silêncio. Abriu mais a porta e chamou novamente. Novamente sem resposta. Empurrou, agora com mais força, até perceber que algo pesado, mas que dava de si e retomava a posição inicial, travava a abertura livre da porta.

«Como um corpo caído!», concluiu num sobressalto.

Entrou num ápice e não pôde evitar o grito:

— Miguel!

O corpo dele enrolava-se atrás da porta numa pose desarticulada que oscilava conforme aquela se movia. Estava inconsciente. Tinha o sobrolho aberto e havia uma linha de sangue que percorrera a cara até ensopar parte da camisa.

Todas as divisões da casa davam para a salinha de entrada, e varreu num olhar o que as portas entreabertas deixavam ver. Não notou nada de anormal. Ainda assim, retirou rapidamente a chave de cada porta e trancou-as por fora.

Debruçou-se sobre o companheiro e ficou assustada. A sua cara estava fria e pálida. Temeu o pior. Animou-se quando verificou que respirava, tinha pulsação e não havia outro ferimento visível. Não reagia, porém, aos seus chamamentos nem aos sucessivos beijos, carregados de desespero e súplica, com que lhe enchia o rosto e a testa. Por que não lhe telefonara? Parecia ter tentado sair, tropeçara ou desfalecera, e o seu corpo deslizara inanimado pela porta.

Chamou a ambulância e, de sirene permanentemente ligada, tinham atravessado rapidamente o trânsito apinhado da cidade que, àquela hora, regressava a casa sob uma chuvada invulgar. Não obstante as manobras de reanimação dos paramédicos, quando entraram na urgência do hospital ele permanecia inconsciente.

Telefonou à filha dele, que vivia em Zurique. Alice não atendeu, e Miriam deixou gravado no atendedor de chamadas o essencial da situação.

Manteve-se na fria sala de espera do hospital esperando por notícias. Foi revisitando momentos da sua vida, que passavam cronologicamente desordenados, como num filme cheio de analepses.

Passadas algumas horas informaram-na que Miguel tinha sofrido um acidente cardiovascular e que permanecia em coma não profundo. Fizeram-na acreditar na recuperação ao pormenorizar que, além das funções vitais automáticas, como o batimento cardíaco, ele também mantinha ativa a respiração.

Entretanto, Alice telefonou. Viria com Carlos no avião que chegava na tarde do dia seguinte.

Já passava da meia-noite quando Miriam apanhou um táxi e foi para casa. Estava profundamente cansada e aturdida. Deitou-se, mas não dormiu.

Voltou muito cedo no dia seguinte e permitiram que ficasse ao pé dele. Vê, ou pensa que vê, um leve sorriso na serenidade da sua cara. Deu por si numa prece suplicando que se salvasse. Durante algumas horas, uma certa crença reservada e o desalento alternaram-se ao sabor dos sinais que ia recebendo das informações médicas.

Ao fim da manhã, as notícias pioraram: as funções vitais estavam a degradar-se. Miriam sentiu-se então muito só e infeliz.

Pôs a filha de Miguel ao corrente.

Dormitava sentada junto à cama, vencida pelo cansaço, quando, ao fim da tarde, Alice chegou e lhe tocou no braço.

— Viemos logo que conseguimos. Como está ele?

— Tem vindo a piorar — respondeu Miriam.

— E há alguma esperança?

— Já não sei. Parece que o agravamento da situação está a ser muito rápido.

Enquanto fala, Miriam olha para ele e afaga-lhe instintivamente a mão, mas Miguel já não a sente.

Voltara a ser o pequeno miúdo impelindo com o indicador da mão direita a carica de uma garrafa de refrigerante ao longo do traçado de uma Volta a Portugal em bicicleta desenhado no asfalto de uma estrada por onde, sempre às mesmas horas e apenas duas vezes durante a tarde, passa um único automóvel.

Os companheiros de competição e de liberdade conformam-se, derrotados, quando o seu ciclista — a carica a que deu o nome de Peixoto Alves — corta regularmente a meta.

O jogo termina e eles afastam-se. Ainda os vê caminhando — Zé Carlos, Jerónimo, Pedro, Carlitos, Alfredo e Júlio —, mas ele não os pode acompanhar. Como nos pesadelos, as pernas não lhe obedecem e não consegue correr no seu encalço.

Já mal os vislumbra, de costas, lado a lado. São pouco mais do que um ponto ao longe, e depois nem isso. Desaparecem na curva que leva ao ribeiro, onde irão nadar.

Fica apenas, por instantes, um sereno fim de tarde de piar de pássaros e um chiar de nora levando água às laranjeiras do pomar da sua infância. Até um véu negro e frio ir crescendo e cobrir tudo.

Miriam está esgotada. Tinha sido há muito, mas nunca esquecera o sabor amargo deixado pela morte do pai. E aí estava ele, outra vez: o mesmo doloroso espanto, a mesma lâmina cortando o entendimento perante o inconcebível desaparecimento de quem se ama. Voltava agora a senti-los, mas percebeu que iria ser mais doloroso. Já não tinha a mesma energia nem — sobretudo — a mesma inocência.

Sem que percebesse bem porquê, correu-lhe nas veias a necessidade imperiosa de ficar só. Algo dentro dela ia rebentar e não queria partilhar com outros a sua dor, as suas lágrimas...

Pediu desculpa.

— Reparo que não comi nada durante todo o dia. Necessito comer alguma coisa. Vou a casa e volto dentro de uma hora. Trataremos, então, do que houver a tratar. — E saiu.

Percorreu, quase a sufocar, os longos corredores e átrios do hospital.

Na rua, quis respirar fundo e reparou que o queixo apontava ao peito esmagado pelo sofrimento. Ao exato sítio onde doem as ausências. Empertigou-se e, com mil anos por cima, seca por dentro, com uma indizível aridez na alma e incapaz de verter uma lágrima, percorreu como um autómato a alameda ajardinada que ia da fachada monumental do hospital até ao portão principal.

Já o tinha transposto quando o chiar raivoso de um carro lhe gritou enquanto travava a fundo para não a atropelar. Saltou para o passeio e ficou parada, parecendo acordar lentamente de um sono profundo. Um suor frio percorreu-lhe o corpo. Por fim, foi-se recompondo até recordar o local da rua que ladeava o hospital, onde, junto a um canteiro de relva e flores, tinha deixado o automóvel.

Caminhou apressada para o veículo e abriu-o. Sentou-se, tapou a cara com as mãos, deixou descair a cabeça para o volante e, então sim, as lágrimas correram-lhe longamente pelo rosto, num choro compulsivo. Um choro que não quis refrear.

Permaneceu assim largos minutos. Lá fora, o dia findava num crepúsculo de um vermelho formidável. Indiferente às ambulâncias que iam chegando e aos dramas que nelas se adivinhavam, uma aragem agradável levava os perfumes que as árvores e os pequenos jardins em volta ofereciam à cidade.

Passou um alegre grupo de estudantes de Medicina saindo das aulas. Falavam alto e gargalhavam pletóricos de energia e confiança.

Olhou-os longamente, e surpreendeu-se a pensar que a embriaguez inebriante da vida estava por todo o lado, porque era necessário que estivesse. A descida — flauteada ou não — deste rio prosseguiria naturalmente, repetindo-se em sucessivas ondas até uma a uma se desvanecer no mar — mas tudo continuaria como se assim não fosse.

Faria o mesmo. Seria com essa espécie de lucidez limitada de quem se recusa a ver tudo com demasiada clareza, que, também ela, resistiria.

Tirou da mala dois lenços de papel e, olhando-se no espelho, limpou da cara as manchas de creme que as lágrimas e as mãos tinham esborratado. Abriu a janela e inspirou lentamente. Levantara-se algum vento e o ar da noite começava a arrefecer. Ouvia-se já o roçar da brisa na folhagem.

Depois, ligou o carro e seguiu.

ÍNDICE

Prólogo 11

Maria da Graça e Rui Simões 15

Miguel, filho de Rui 27

25 de Abril de 1974 31

Uma carta para Elvira 39

Norte de Angola, 1974 49

Luanda, 1975 71

Carlos e Alice 89

Miriam e Miguel — 1 103

Miriam e Miguel — 2 115

Miriam e Miguel — 3 129